Animal Farm

Animal Farm

동물농장

George Orwell 원작 | 천선란 추천

1판 1쇄 인쇄 2021년 8월 20일 | 1판 1쇄 발행 2021년 8월 27일

엮은이 백미숙 | 그린이 허구

펴낸이 정중모 | 펴낸곳 팡세미니 | 등록 1988년 1월 21일(제406-2000-000202호)

편집장 서경진 | 편집 윤소정, 강정윤 | 디자인 권순영

마케팅 김선규 | 제작 윤준수 | 관리 이원희, 고은정, 원보람

주소 경기도 파주시 회동길 152

전화 031-955-0700 | 팩스 031-955-0661 | 홈페이지 www.yolimwon.com

전자우편 bbchild@yolimwon.com

ISBN 978-89-6155-936-2 04800, 978-89-6155-907-2(세트)

Animal Farm

동물농장

조지 오웰 원작 | 천선란 추천

팡세
미니

어쩜 이렇게

지금과 다른 게 없을까!

어쩌면 우리는 한 발자국도

나아가지 못한 것이 아닐까?

차례

천선란이 바라본 1943년 동물농장과 현재

　조지 오웰의 〈동물농장〉은 주기적으로 읽는 소설 중 하나인데, 매번 읽을 때마다 놀란다. '어쩜 이렇게 지금과 다른 게 없을까'라는 생각 때문이다. 안타까운 점은 조지 오웰이 〈동물농장〉을 썼을 때와 내가 이 소설을 처음 읽었던 고등학생 시절, 그리고 그 이후 몇 년이 지나고도 〈동물농장〉의 모습이 언제나 현실과 비슷한 얼굴을 하고 있다는 것이다. 명작으로써, 그저 과거 시대에 귀속된 상태로 남아있으면 좋으련만 이 소설은 기술의 발전과 상관없이 모든 시대와 비슷한 얼굴을 하고 있을 거라는 슬픈 예감이 든다. 우유와 사과는 모두의 것이 될 수 없으며, 어떤 평등은 다른 평등보다 더 중요하다는 진실이 시대를 관통한다. 우리는 언세나 더 나은 미래를 꿈꾼다. 지나간 것은 대체로 끔찍한 모습으로 기록되기 때문이다. 과거로부터 멀어지며 미래를 향해 나아가려고 하지만 결국 과

거라는 진흙을 밟고 발자국을 남기며 걸어가고 있다는 생각을 지울 수 없다. 누군가는 갈지자로 걸을지라도 나아가면 된다고 하지만, 가끔 묻고 싶다. 우리는 나아가고 있는가? 우리는 스퀼러의 말에 현혹되지 않았는가? 우리는 계명을 올바르게 기억하고 있는가? 어쩌면 우리는 한 발자국도 나아가지 못한 것이 아닐까? 이 질문에 정답을 말해줄 수 있는 존재가 세상에 있기는 할까? 아주 먼 미래에 내가 다시 〈동물농장〉을 읽게 될 때는, '그때는 그랬지'라는 말을 내뱉을 수 있기를 바란다. 고전소설이 현재를 품지 않도록, 우리는 더 커지고 강해질 필요가 있다.

소설가 천선란(한국과학문학상 장편 대상 수상)

Animal Farm

동물농장

한밤중의 노랫소리

메이너 농장에 밤이 깊었습니다. 농장의 동물들은 농장 주인 존스가 잠들기만을 숨죽이고 기다렸습니다. 마침내 존스의 침실에서 불빛이 꺼지자, 동물들은 살금살금 헛간으로 모였습니다.

헛간 대들보에는 등불이 매달려 있고, 그 밑으로 조금 높은 연단이 있습니다. 그 위에 짚단을 깔고 늙은 수퇘지 메이저가 앉아 있었습니다. 메이저는 현명하고 인자하며 위엄이 넘쳐 보였습니다.

개 세 마리가 가장 먼저 도착했습니다. 이어 돼지들이 들어와 연단 바로 앞에 있는 짚단 위에 자리 잡았습니다. 암탉들은 창턱에 올라앉고, 비둘기들은 서까래로 올라가고, 양과 염소들은 돼지들 뒤에 앉아 벌써 새김질을 시작했습니다. 짐수레를 끄는 말 복서와 클로버도 나란히 도착했습니다.

"조심조심, 짚더미 밑에 숨어 있는 동물을 밟으면 안 돼요."

말들은 발굽을 조심스레 디디며 천천히 들어왔습니다. 클로버는 새끼를 네 번이나 낳은 뚱뚱한 어미 말입니다. 복서는 몸집이 어마어마하게 큰 말이에요. 코 밑의 흰 줄 때문에 좀 멍청해 보이고, 머리도 그다지 좋은 편은 아닙니다. 하지만 듬직한 데다, 일할 때는 엄청난 힘을 내기 때문에 농장 동물들은 복서를 존경했습니다.

흰 염소 뮤리엘과 당나귀 벤자민도 들어왔습니다. 당나귀 벤자민은 농장에서 나이가 가장 많고 성질도 고약했습니다. 그는 웃지도 않고 말도 거의 없었는데, 어쩌다 하는 말조차 퉁명스러웠습니다.

어미 잃은 오리 새끼들 한 떼가 헛간으로 몰려왔습니다. 다른 동물들에게 밟히지 않는 아늑한 자리를 찾느라 이리저리 꽥꽥거리고 돌아다녔습니다.

"애들아, 이리 오렴."

클로버가 커다란 앞발로 울타리를 만들어 주자

오리 새끼들은 그 안에 들어가 금세 잠이 들었습니다.

존스의 마차를 끄는 흰색 암말 몰리도 느지막이 왔습니다. 아름답지만 머리는 텅 빈 몰리는 각설탕을 씹으며 우아하게 걸어 들어왔습니다. 그녀는 갈기에 달린 빨간 리본을 자랑하느라 자꾸 머리를 흔들었습니다. 고양이는 따뜻한 곳을 찾아 복서와 클로버 사이로 비집고 들어갔습니다.

동물들이 모두 편히 앉아, 이야기 들을 준비를 마쳤습니다.

"여러분, 나는 간밤에 아주 신기한 꿈을 꾸었습니다. 그 꿈 이야기를 하려고 여러분들을 이 자리에 불렀어요. 그런데 우선 다른 얘기부터 할까 합니다."

메이저는 목청을 가다듬고 말을 시작했습니다.

"내가 여러분과 함께 지낼 날도 이제 얼마 남지 않았습니다. 그래서 죽기 전에 내가 깨달은 지혜를 동무들에게 전하려고 합니다. 나는 오래 살았습니다. 그 긴 시간 동안 돼지우리에 혼자 누워 지내면서, 우리 동물들의 삶에 대해 많은 생각을 해 보았습니다. 우리 동물들의 삶은 비참하고, 고달프고, 그리고 짧아요. 우리는 겨우 굶어 죽지 않을 정도로 적은 먹이만을 얻어먹고, 몹시 힘든 일을 해야 합니다. 그러다가 늙거나 병들어 인간에게 쓸모가 없다고 여겨지면 그날로 죽음을 당합니다. 비참한 노예, 그게 우리 동물들의 삶입니다."

동물들 사이에서 작게 웅성거리는 소리와 한숨이 섞여 나왔습니다. 메이저는 조용해지길 기다려 다시 입을 열었습니다.

"인간은 젖을 생산하지도 않고 달걀을 낳지도

않습니다. 힘이 부쳐 쟁기도 끌지 못하고, 토끼를 잡을 만큼 빨리 뛰지도 못합니다. 그런데도 그는 모든 동물의 주인입니다. 동물들에게 먹이로 조금 떼어 주고 나머지는 모두 그들이 가져갑니다. 우리는 힘들게 땅을 갈고, 우리의 똥과 오줌으로 땅을 기름지게 하지만 제 몸뚱이 하나 말고는 우리는 아무것도 가진 게 없습니다. 암소 여러분, 지난해 여러분이 짜낸 우유가 도대체 얼마요? 여러분의 새끼들이 먹고 무럭무럭 자랐어야 할 그 우유는 모두 어찌 되었습니까? 적들의 배 속으로 들어가지 않았나요?"

암소들이 고개를 끄덕였습니다. 메이저는 암탉들 쪽으로 고개를 돌렸습니다.

"암탉 여러분은 지난 한 해 동안 수없이 많은 알을 낳았습니다. 그중 병아리가 된 알이 몇 개나 됩니까? 알들은 모두 시장으로 팔려가 존스의 돈주머니만 불려 주었습니다. 그리고 클로버 동무, 당신이 낳은 새끼 네 마리는 지금 어디 있습니까? 한 살 때 팔려 간 새끼들을 두 번 다시 못 만나고 있지 않습니까."

클로버의 눈에 눈물이 고였습니다. 메이저는 다시 이야기를 이어 갔습니다.

"나는 운이 좋아서 십이 년이나 살았고, 사백 마리가 넘는 자손을 퍼뜨렸습니다. 하지만 지금 내 앞에 있는 젊은 돼지 여러분, 그대들은 태어나서 일 년 안에 도살장에 끌려가 울부짖으며 목숨이 끊어지게 될 것입니다. 우리 동물들 누구도 끔찍한 최후를 피할 수는 없습니다. 암소, 돼지, 암탉, 양, 모두가 그렇습니다. 거기 앉은 복서 동무도 늙어 더 이상 일을 못 하면 존스는 당신을 팔아넘길 겁니다. 그들은 당신을 끓는 물에 삶아 사냥개용 먹이를 만들 겁니다."

헛간 안의 동물들은 이제 숨소리조차 내지 못했습니다.

"동물 여러분, 우리의 모든 불행은 바로 인간 때문입니다. 인간을 쫓아내기만 하면 우리가 일해서 얻은 곡식과 채소들이 모두 우리 차지가 됩니다. 우리는 부자가 되고 자유로워집니다. 그러니 온 힘을 다해 인간을 쫓아내야 합니다. 반란을 일으키라, 반란을! 그 반란이 일어나는 때는 일주일 뒤일 수도, 백 년 뒤일 수도 있습니다. 하지만 정의의 날은 반드시 올 겁니다. 동무들, 여러분이 살아 있는 동안 그 목표를 잊지 마십시오! 여러분들이 못 하면 다음 세대에 전하세요. 그래서 승리의 그날까지 미래의 모든 세대가 인간과 싸우게 하십시오."

연설이 이 대목에 이르자 우레 같은 함성이 일었습니다.

"두 발로 걸으면 우리의 적입니다. 네 발로 걷거나 날개를 가졌으면 모두 우리의 친구입니다. 우리 동물들은 결코 인간을 닮아서는 안 됩니다. 여러분이 반란에 성공하더라도 절대 인간을 따라해선 안 돼요. 동물은 어느 누구도 집 안에서 살아선 안 됩니다. 침대에서 자거나, 옷을 입고, 술 마시고, 담배 피우고, 돈을 만져서도 안 됩니다. 장사에 손을 대서도 안 돼요. 인간의 모든 습관은 나쁩니다. 무엇보다도 동물은 같은 동물을 죽여서도 괴롭혀서도 안 됩니다. 힘이 세든 약하든, 똑똑하든 그렇지 않든 우리는 모두 형제입니다. 모든 동물은 평등합니다."

메이저는 주위를 둘러보면서 잠시 숨을 고르고 다시 말을 이었습니다.

"여러분, 이제부터는 내 꿈 이야기를 들려드리겠습니다. 오래전 내가 아직 새끼 돼지였을 때, 내 어머니와 동네 암돼지들이 흥얼대던 노래가 있어요. 그동안 까맣게 잊고 있었는데 어젯밤 꿈속에서 그 노래가 생생하게 떠올랐어요. 그 옛날 동물들이 새 세상을 꿈꾸며 불렀던 노래, 그 후 오랫동안 잊혔던 그 노래가 말입니다. 동무들, 지금 그 노래를 들려주겠습니다. 제목은 「영국의 동물들」입니다."

메이저는 목청을 가다듬어 노래하기 시작했습니다. 쉰 목소리였지만 노래는 아주 훌륭했습니다.

영국의 동물들이여, 아일랜드의 동물들이여,
온 세계 방방곡곡의 짐승들이여,
내 기쁜 소식에 귀 기울이라
황금빛 미래를 알리는 이 기쁜 소식에.

곧 그날이 오리라,
독재자 인간이 쫓겨나고
영국의 기름진 들판이
동물들의 것으로 돌아오는 그 날이.

우리의 코에서 코뚜레가 사라지고
우리의 등에서 멍에가 벗겨지고
재갈과 박차는 영원히 녹슬고
잔혹한 회초리도 없어지리라.

상상조차 못 할 부유함,
밀과 보리, 귀리와 건초,
토끼풀과 콩과 사탕무가
모두 우리 것이네, 그날이 오면.

영국의 들판은 밝게 빛나고
강과 시내는 더 맑아지고

바람은 달콤하게 불어오리라

우리가 해방되는 바로 그날에.

그날을 위해 우리 일하세,

그날이 오기 전에 우리 죽을지라도

암소와 말, 거위와 칠면조,

모두 자유를 위해 일해야 하네.

영국의 동물들이여, 아일랜드의 동물들이여,
세계 방방곡곡의 동물들이여,
내 말을 들으라, 그리고 전하라,
미래에 올 그 황금의 날 소식을.

메이저의 노래를 동물들은 따라 부르기 시작했습니다. 암소들은 음매 음매, 개들은 멍멍, 양들은 매매, 말들은 힝힝, 새끼 오리들은 꽥꽥거리며 노래했습니다. 노래가 어찌나 흥겹던지 다섯 번을 연거푸 합창했습니다.

그 노랫소리는 깊이 잠든 존스를 깨웠습니다.

"농장에 여우가 들어왔나 보군."

존스는 창밖 어둠을 향해 총을 마구잡이로 쏘았습니다. 총알들은 헛간 벽에 날아가 박혔고, 놀란 동물들은 부랴부랴 잠자리로 돌아갔습니다. 오리 새끼들은 무서워서 바들바들 날개를 떨었습니다.

농장은 순식간에 고요해졌습니다.

Animal Farm

동물농장

인간을 쫓아내다

사흘 뒤, 메이저는 잠자는 듯 고요히 숨을 거두었습니다. 삼월 초의 어느 아침이었습니다. 메이저는 과수원 아래쪽에 묻혔습니다.

"우리는 메이저 영감님의 뜻을 받들어 반란을 준비해야 해."

농장 동물 가운데 가장 똑똑한 돼지들이 앞장서

반란을 준비하는 모임을 이끌었습니다.

돼지들 중에 가장 뛰어난 지도자는 두 마리의 젊은 수퇘지 스노볼과 나폴레옹이었습니다. 나폴레옹은 몸집이 크고, 고집이 세며 마음먹은 대로 일을 해치우는 성격입니다. 스노볼은 유쾌하고 말을 잘하며 재주가 많았습니다. 하지만 나폴레옹만큼 성격이 강하진 않았습니다. 이외에 다른 한 마리는 통통하고 몸집이 작은 돼지 스퀼러입니다. 둥근 뺨에, 눈이 반짝이는 귀여운 스퀼러가 꼬리를 탈탈 털며 이리저리 왔다 갔다 하면 모두들 홀딱 빠져들었습니다.

"스퀼러는 정말 말을 잘해. 스퀼러가 하얗다고 하면 까만 것도 하얗게 느껴진다니까."

동물들은 스퀼러의 말솜씨에 감탄을 했습니다.

이 세 마리의 돼지는 메이저의 가르침을 정리하

여 '동물주의'라는 이름을 붙였습니다. 밤마다 헛간에서 비밀 모임을 갖고, 동물주의의 원리를 다른 동물들에게 가르쳤습니다. 하지만 동물들은, 처음 얼마 동안은 이해를 못 하거나 시큰둥하게 여기기도 했습니다.

"존스는 우리 주인이야. 주인이 없어지면 우린 다 굶어 죽는다고."

"언젠가 반란이 일어나게 되어 있다면서? 그런데 뭐하러 미리 준비해?"

동물주의를 들은 동물들은 이런 질문을 하곤 했습니다. 그때마다 돼지들은 동물들을 설득했습니다.

"여러분, 그런 생각은 동물주의에 어긋납니다. 우리가 미리 준비해 두어야 그날이 빨리 옵니다."

어리석은 암말 몰리는 계속 엉뚱한 질문을 했습

니다.

"스노볼, 반란 이후에도 설탕이 있을까요?"

스노볼은 딱 잘라 말했습니다.

"아니, 설탕은 없어요. 우리에게 설탕이 꼭 필요한 것도 아니니까요. 대신 귀리와 건초는 당신이 먹고 싶은 만큼 먹을 수 있습니다."

"그럼 리본은요? 그때도 내 갈기에 이 빨간 리본을 매고 다닐 수 있을까요?"

몰리의 어리석은 질문에 스노볼은 드디어 화를 냈습니다.

"몰리, 당신이 좋아하는 그 리본이 바로 노예의 표시오. 우린 리본보다 더 값진 자유를 얻을 거란 말이오!"

몰리는 몸을 움츠리고 고개를 끄덕이기는 했지만, 완전히 이해한 눈치는 아니었습니다.

돼지들의 가장 충실한 제자는 짐수레를 끄는 말 복서와 클로버였습니다. 둘은 돼지들이 하는 말을 빠짐없이 받아들이고, 다른 동물들에게 전했습니다. 헛간의 비밀 모임에 꼬박꼬박 나와서「영국의 동물들」을 열심히 불렀습니다.

메이저가 예언한 그 반란은 생각보다 훨씬 빨리, 그리고 아주 쉽게 이루어졌습니다.

존스는 비록 동물들에게는 나쁜 주인이지만, 훌륭한 농사꾼이었습니다. 그런데 어느 재판에서 지는 바람에 많은 돈을 잃고 말았습니다. 존스는 너무 속이 상해서 일은 안 하고 술타령으로 시간을 보냈습니다. 주인이 일을 안 하니까 일꾼들도 따라서 게으름을 피웠습니다. 밭에는 잡초가 무성하고 축사 지붕이 내려앉고 울타리가 무너졌지만, 아무도 손보지 않았습니다. 동물들에게 먹이도 제대로 주지 않았습니다.

유월 어느 토요일, 외출했던 존스가 다음 날 오후에야 술에 취해 농장으로 돌아왔습니다. 일꾼들은 아침 일찍 암소 젖을 짠 다음 동물들에게 먹이도 주지 않은 채 토끼 사냥을 한다고 모두들 나가 버렸습니다.

"아, 배고파. 도저히 못 참겠어."

암소 한 마리가 곳간 문을 뿔로 받아 부수었습니다. 다른 동물들도 따라 들어가 거기 있는 곡식을 먹기 시작했습니다. 그때서야 잠이 깬 존스는 일꾼들과 함께 회초리를 들고 뛰어나왔습니다. 그러고는 곳간으로 들어가 닥치는 대로 동물들을 때렸습니다. 매질을 도저히 참을 수가 없었던 굶주린 동물들은 사람들을 향해 달려들어, 뿔로 받고 발로 걷어찼습니다.

"어? 이것들이 왜 이러지?"

존스와 일꾼들은 겁에 질렸습니다. 이리저리 피하다가 더 이상 견디지 못하고 달아나기 시작했습니다. 동물들은 존스와 일꾼들을 큰길까지 내쫓은 뒤에 빗장이 다섯 개나 되는 농장의 문을 꽝 닫아걸었습니다. 존스 부인은 침실 창문으로 이 광경을 보고는 급하게 몇 가지의 짐만을 챙겨 몰래 농장을 빠져나갔습니다.

메이너 농장은 이제 동물들의 세상이 되었습니다.

"우리가 방금 반란을 일으킨 거 맞아?"

동물들은 뛰어서 농장을 한 바퀴 돌았습니다. 농장 안에 인간이라곤 아무도 없었습니다. 동물들은 그제야 실감이 났습니다. 동물들은 축사로 돌아와 존스가 자신들을 괴롭힐 때 쓰던 모든 물건들을 버렸습니다. 멍에와 코뚜레, 개 줄 등의 도

구들은 우물에 던져 버렸습니다. 고삐, 굴레, 눈가리개, 채찍, 부리망 등은 쓰레기 태우는 불에 던져 넣었습니다. 자신을 괴롭히던 물건들이 모두 불에 타는 것을 보며 동물들은 기쁨에 넘쳤습니다.

지도자 나폴레옹은 동물들을 곳간으로 데려가 여느 때 먹던 것의 두 배나 되는 옥수수 먹이를

나눠 주었습니다. 개들에게
도 먹이 비스킷을 두 개씩
주었습니다. 이어 그들은
「영국의 동물들」을 일곱
번이나 불렀습니다. 그러는 사이에 밤이 오고 동
물들은 각자 자기 축사로 돌아가 잠자리에 들었
습니다. 지금까지 한 번도 경험하지 못한 편안한
잠이었습니다.

새벽이 되자 동물들은 여느 때와 같이 잠이 깼
습니다.

"가만, 어제 우린 반란을 일으켰지?"

동물들은 가슴이 벅차 모두 한달음에 풀밭으로
달려 나갔습니다. 풀밭 끝에 있는 언덕에 올라 맑
은 아침 햇살 속에서 사방을 둘러보았습니다. 눈
에 보이는 모든 게 그들의 것입니다. 동물들은 신

이 나서 깡충대며 공중으로 뛰어오르고 풀밭을 굴렀습니다. 달콤한 풀을 한입씩 뜯기도 하고 흙더미를 발로 차올리거나 흙냄새를 맡았습니다.

그들은 밭은 물론 건초용 풀밭, 과수원, 웅덩이, 덤불 등 농장 전체를 돌아다녔습니다.

"이 모든 게 다 우리 거라니 믿어지지 않아!"

동물들은 존스 부부가 살던 안채 건물에 이르렀습니다. 이제 그 집도 동물들의 것입니다. 하지만 선뜻 안으로 들어서기가 두려웠습니다. 스노볼과 나폴레옹이 어깨로 문을 열어젖히자 동물들은 한 줄로 서서 안으로 들어갔습니다. 동물들은 사치스런 집 안을 놀란 눈으로 둘러보았습니다. 그들은 부엌에 매달린 돼지고기 햄을 땅에 묻어 주었습니다. 맥주 통은 복서가 발굽으로 차서 박살을 냈습니다.

동물들은 장차 그 집을 박물관으로 만들기로 했습니다. 동물은 어느 누구도 그 집에 들어가 살아서는 안 된다고 결정했습니다.

아침을 먹고 나자 스노볼과 나폴레옹이 다시 동물들을 모았습니다.

"동무들, 오늘은 건초를 만들 풀을 뱁시다. 그전에 해야 할 일이 하나 있소."

스노볼이 농장 정문의 '메이너 농장'이라는 글자를 지우고 '동물농장'이라 적어 넣었습니다.

"이게 바로 우리 농장의 이름입니다."

돼지들은 지난 석 달 동안 존스네 아이들이 쓰다 버린 책을 주워다가 글자를 읽고 쓰는 법을 익힌 것입니다.

동물들은 농장 안으로 들어가 축사에 이르렀습니다.

"동무들, 우리는 지난 석 달 동안 열심히 공부한 끝에 동물주의의 원리들을 일곱 계명으로 줄였습니다. 그것을 이제 헛간 벽에 써 놓겠소. 우리 동물들이 지켜야 할 법률이오."

스노볼이 어렵사리 사다리를 타고 올라가 일곱 계명을 쓰기 시작했습니다. 스킬러가 몇 칸 아래에서 페인트 통을 들어 주었습니다. 쓰기를 마친 스노볼은 다른 동물들을 위해 큰 소리로 읽어 주었습니다.

1. 무엇이건 두 발로 걷는 것은 적이다.
2. 무엇이건 네 발로 걷거나 날개를 가진 것은 친구다.
3. 어떤 동물도 옷을 입어서는 안 된다.
4. 어떤 동물도 침대에서 자서는 안 된다.

5. 어떤 동물도 술을 마시면 안 된다.

6. 어떤 동물도 다른 동물을 죽여선 안 된다.

7. 모든 동물은 평등하다.

동물들은 찬성의 뜻으로 머리를 끄덕였습니다. 머리 좋은 동물들은 벌써 그 계명들을 외웠습니다.

스노볼이 붓을 내려놓으며 말했습니다.

"동무들, 이제 풀밭으로 갑시다! 오늘 우리는 존스와 그 일꾼보다 더 빠른 속도로 풀을 베어 우리 명예를 살립시다!"

그 순간 내내 안절부절못하던 암소 세 마리가 "음매!" 하고 큰소리를 질렀습니다. 암소들은 스물네 시간이나 젖을 짜지 않아 젖통이 터질 지경이었습니다. 돼지들은 양동이를 가져오게 해서

제법 능숙하게 젖을 짰습니다. 우유는 다섯 양동이나 되었습니다. 다른 동물들이 우유 통을 흘끔거리며 침을 삼켰습니다. 암탉 하나가 물었습니다.

"저 우유는 다 어떻게 할 거야? 존스는 우리 먹이에 가끔 우유를 타 주었는데."

그러자 나폴레옹이 우유 통 앞으로 나서며 말했습니다.

"우유 걱정은 나중에. 지금은 건초를 수확하는 일이 더 중요합니다. 스노볼을 따라가세요. 난 잠시 후에 뒤따라갈 테니. 자, 풀밭으로 출발!"

그러나 저녁때 동물들이 풀밭에서 돌아왔을 때 우유는 어디론가 사라지고 없었습니다.

Animal Farm

네 발은 좋고 두 발은 나쁘다

"동무들, 모두 풀밭으로 가서 건초를 벱시다. 이 풀은 말려서 겨우내 우리들의 먹이가 될 것이오."

동물들은 땀을 뻘뻘 흘리며 열심히 풀을 베었습니다. 하지만 일이 쉽지는 않았습니다. 동물들은 농기구를 다루는 일을 무척 어려워했습니다. 하지만 영리한 돼지들이 곧 방법을 찾아냈습니다.

말들은 풀밭 구석구석을 아주 잘 아는 데다, 풀을 베고 긁어모으는 일은 존스나 그 일꾼들보다 훨씬 솜씨가 좋았습니다. 돼지들은 직접 일을 하지는 않았지만 다른 동물들을 감독하고 지휘했습니다. 복서와 클로버가 풀 베는 기구나 써레를 몸에 붙들어 매고 풀밭을 빙빙 돌았습니다. 돼지 하나가 그 뒤를 따라다니며 "어이, 동무! 위로!" 또는 "우어, 뒤로, 뒤로!" 하면서 방향을 알렸습니다.

힘이 약한 동물들까지도 풀을 뒤집고 모으는 일을 거들었습니다. 오리나 암탉들도 온종일 왔다 갔다 하면서 부리에 풀 몇 가닥이라도 물어 날랐습니다. 흘리는 풀도 없었고, 일하다가 몰래 한입 먹는 동물들도 없었습니다. 동물들은 존스와 그 일꾼들이 일했을 때보다 이틀이나 앞당겨 건초 수확을 마쳤습니다.

그 여름 내내, 농장 일은 시곗바늘처럼 쉬지 않고 이어졌습니다. 일을 하면서도 동물들은 무척 행복했습니다. 입에 넣는 먹이도 더없이 달콤했습니다. 주인이 마지못해 던져 주는 것이 아니라 동물들이 자신들을 위해 만들어 낸 먹이였기 때문입니다.

인간들이 사라지고 나자 동물들에게는 더 많은 먹이가 돌아갔습니다. 쉬는 시간도 훨씬 많았습니다. 어려운 일이 아주 없는 것은 아니었습니다. 농장에 탈곡기가 없었기 때문에 옥수수를 걷을 때 아주 힘들었습니다. 그러나 영리한 돼지들이 있고 엄청난 힘을 가진 복서가 있어서 어려운 일도 해낼 수 있었습니다. 복서는 말 세 마리쯤 합쳐 놓은 것처럼 일했습니다. 아침부터 밤까지 가장 힘든 일을 하는 곳에는 언제나 복서가 있었습

니다. 매일 아침 남들보다 30분 먼저 일어나서 제일 필요한 농장 일이 무엇인지를 살펴 미리 일을 해 두었습니다.

"내가 더 열심히 할게."

어려운 문제가 생기면 복서는 이렇게 말했습니다.

복서뿐이 아닙니다. 모든 동물들이 다 제 능력껏 일했습니다. 아무도 도둑질하지 않았고 적게 받는다고 불평하는 동물도 없었습니다. 존스가 주인일 때는 그렇게도 흔하던 싸움질, 서로를 헐뜯고 질투하던 일도 거의 사라졌습니다. 꾀부리며 일을 피하는 동물들도 거의 없었습니다. 물론 흰말 몰리는 아침에 잘 일어나질 못했고, 일하다 발굽에 돌이 박혔다고 일찍 자리를 뜨곤 했습니다. 고양이는 해야 할 일이 생기면 슬그머니 사라졌다가 밥 먹을 시간이나 일이 다 끝난 저녁에 아무 일도 없었다는 듯 슬그머니 나타나곤 했지요.

벤자민은 존스 시절이나 반란 이후에나 전혀 달라진 것이 없었습니다. 느릿느릿 고집스럽게 일을 했습니다. 꾀를 부리진 않았지만 그렇다고 일을 더하지도 않았습니다.

"이봐, 벤자민, 존스를 쫓아내고 나니 행복하지? 그치?"

"당나귀는 오래 산다네. 죽은 당나귀 본 일 있어?"

누군가 물으면 벤자민은 이렇게 알쏭달쏭한 대답을 했습니다.

일요일 아침 식사 뒤에는 매주 빠짐없이 하는 의식이 있었습니다. 의식의 첫 순서는 깃발을 다는 일입니다. 녹색 바탕에 흰색으로 발굽과 뿔을 그려 넣은 깃발을 농장 마당의 깃대에 달았습니다.

"이 깃발의 녹색은 영국의 푸른 풀밭을 뜻합니다. 발굽과 뿔은 모든 인간을 몰아낸 다음에 세워질 동물 왕국을 뜻하는 것입니다."

깃발을 그린 스노볼이 이렇게 설명했습니다.

다음에는 헛간으로 행진해 회의를 열었습니다. 다음 주에 할 일들을 정하고, 결의안을 내고 그것에 대한 토론이 진행되었습니다. 결의안을 내는 것은 언제나 돼지들이었습니다. 스노볼과 나폴레옹이 가장 활발하게 토론했습니다. 이 둘은 의견이 맞을 때가 거의 없습니다. 한쪽이 무슨 의견을 내놓으면 다른 한쪽에서 어김없이 반대 의견을 말했습니다.

회의는 언제나 「영국의 동물들」을 노래하며 끝

났고, 오후는 휴식 시간이었습니다.

돼지들은 창고 하나를 그들의 본부로 정했습니다. 저녁이면 그곳에 모여 대장간 일, 목수 일, 그밖에 필요한 여러 가지 기술을 익히느라 존스의 집에서 가져온 책들을 펴놓고 공부를 했습니다.

스노볼은 '동물 위원회'라는 것을 여러 개 만들었습니다. 암탉들을 모아 '달걀 생산 위원회', 암소들을 모아 '깨끗한 꼬리 만들기 위원회', 쥐와 토끼들을 길들이기 위해 '야생 동물 재교육 위원회', 양들에게는 '흰털 생산 위원회' 같은 조직들이었습니다. 또 읽고 쓰는 법을 가르치는 학습반도 만들었습니다.

위원회들은 거의 실패했지만 읽고 쓰기 학습반은 대성공이었습니다. 가을이 되자 농장 동물들은 조금씩 글자를 알게 되었습니다. 돼지들은 완

전하게 읽고 쓸 수 있었습니다. 개들은 읽기는 썩 잘했지만 일곱 계명 말고 다른 것에는 흥미가 없었습니다. 염소 뮤리엘은 읽는 솜씨가 개들보다 나았습니다. 쓰레기 더미에서 주워 온 신문 조각을 다른 동물들에게 읽어 주기도 했습니다. 당나귀 벤자민은 돼지만큼이나 잘 읽었지만 뭘 읽어 보려고 하지 않았습니다.

어미 말 클로버는 알파벳까지는 배워서 알았지만, 알파벳을 모아 놓은 단어는 읽지 못했습니다. 복서는 알파벳의 디까지 깨치고는 더 이상 나가질 못했습니다. 이, 에프, 지, 에이치까지 익히면 앞서 배운 에이, 비, 씨, 디가 생각나지 않았습니다. 그래서 알파벳의 첫 네 글자를 아는 걸로 만족하기로 했습니다.

몰리는 자기 이름에 들어가는 알파벳 말고는 더

배우고 싶어 하지 않았습니다. 작은 나뭇가지들로 예쁘게 제 이름을 만들고 꽃송이를 가져다 장식한 다음, 감탄하며 제 이름자 주위를 빙빙 돌아다녔습니다.

그 밖의 농장 동물들은 알파벳의 첫 글자 에이 이상은 외우지 못했습니다. 양, 암탉, 오리 등 머리가 둔한 동물들은 일곱 계명조차도 다 외우지 못했습니다. 한참 생각한 끝에 스노볼은 일곱 계명을 단 하나로 줄였습니다.

"네 발은 좋고, 두 발은 나쁘다!"

그러자 비둘기, 닭, 오리, 거위들이 화를 내며 따졌습니다.

"우리도 다리가 두 개뿐인데, 그럼 우리가 인간처럼 나쁘단 말이야?"

스노볼은 그들에게 다시 설명해 주었습니다.

"동무들, 새의 날개는 날기 위한 기관이지 나쁜 짓을 하는 기관이 아니오. 그러므로 날개는 다리와 같은 것이오. 동물과 인간을 구별하는 표지는 그의 손이오. 손은 인간이 온갖 못된 짓을 하는 도구입니다."

스노볼의 설명을 다 이해하지 못했지만 날짐승들은 그냥 받아들이기로 했습니다. 그리고 머리 둔한 다른 동물들도 스노볼이 말한 한 줄짜리 격언을 외우기 시작했습니다. 헛간 벽에는 일곱 계명 위쪽에 더 큰 글씨로 '네 발은 좋고 두 발은 나쁘다.'라고 적혔습니다.

양들은 그 격언이 몹시 맘에 들었습니다. 그들은 풀밭에 앉아 "네 발은 좋고 두 발은 나쁘다."를 몇 시간씩 지칠 줄 모르고 외쳐 댔습니다.

나폴레옹은 스노볼의 위원회가 못마땅했습니

다.

"이미 다 큰 동물들을 데려다 가르쳐 봐야 소용 없어. 어린것들을 교육하는 게 훨씬 더 중요하지."

마침 개가 새끼 아홉 마리를 낳았습니다. 나폴레옹은 새끼들이 젖을 떼자마자 강아지 교육을 책임진다며 데려갔습니다. 그리고 창고의 지붕 밑 방에 강아지들을 숨겨 놓고 길렀습니다. 농장의 다른 동물들은 그곳에 강아지들이 있다는 사실조차 곧 잊어버렸습니다.

매일 암소에게서 짜내는 우유가 어디로 사라지는지는 얼마 안 가서 밝혀졌습니다. 우유는 매일 돼지들이 먹는 사료에 들어가고 있었습니다.

과수원의 사과가 익기 시작했고 바람에 떨어진 사과가 여기저기 뒹굴었습니다. 동물들은 떨어진 사과도 다 같이 나눠 먹을 줄 알았습니다. 그런데 그 사과들을 창고의 돼지들에게 갖다주라는 명령이 떨어졌습니다.

"말도 안 돼! 우유도, 사과도 돼지들만 먹는다니."

몇몇 동물들이 수군댔지만 소용없었습니다. 돼지들 모두가 그렇게 하기로 했고, 스노볼과 나폴레옹까지도 한마음이었습니다.

왜 돼지들만 먹어야 하는지를 다른 동물들에게 설명하느라 말 잘하는 스킬러가 왔습니다.

"여러분, 설마 우리 돼지들만 맛있는 걸 먹는다고 생각해요? 사실은 우유, 사과를 싫어하는 돼지들도 많아요. 나도 싫어요. 돼지들이 우유와 사과를 가져가는 것은 건강을 위해서입니다. 우유와 사과에는 돼지의 건강에 꼭 필요한 영양분들이 들어 있어요. 과학적으로 밝혀진 사실이지요. 우리 돼지들은 머리를 쓰는 노동을 하고 있습니다. 이 농장의 경영과 조직은 우리 돼지들에게 달려 있죠. 우리는 여러분들을 보살펴야 합니다. 돼지들이 우유를 마시고 사과를 먹어야 하는 것은 바로 여러분의 이익을 위해서입니다. 돼지들이 일을 잘 못하면 어찌 되는지 아십니까? 존스가 다시 오게 돼요, 존스가!"

이 대목에서 스킬러는 이리저리 왔다 갔다 하면서 꼬리를 탈탈 털었습니다.

"설마 존스가 되돌아오길 바라는 분은 없겠지요?"

동물들은 더 이상 할 말이 없었습니다. 존스가 돌아오는 일은 어떤 동물도 원치 않습니다. 존스 부부가 다시 농장으로 돌아와 자신들을 괴롭힐 생각을 하니 끔찍했습니다. 이제 돼지들의 건강

이 얼마나 중요한지 분명해 보였습니다. 이렇게
해서 우유며, 과수원의 모든 사과들은 돼지들의
몫이 되었습니다.

Animal Farm

동물농장

외양간 전투의 승리

그해 여름이 다 갈 무렵, 동물농장에 대한 소문이 영국의 절반쯤 되는 지역으로 퍼져 나갔습니다. 스노볼과 나폴레옹이 하루에도 몇 번씩 농장 밖으로 비둘기들을 내보냈기 때문입니다. 비둘기들은 근처 다른 농장을 찾아가서 그곳 동물들과 어울렸습니다. 그러고는 이웃 동물들에게 동물농장에서 일어난 반란을 얘기해 주고「영국의 동물들」노래를 가르쳤습니다.

농장에서 쫓겨난 존스는 술집에 앉아 다른 손님들을 붙들고 하소연을 했습니다.

"밥만 축내는 멍청한 가축들에게 알토란 같은 농장을 빼앗겼어요. 이렇게 억울할 데가 어디 있냐고요?"

다른 농장 주인들은 존스가 안됐다고 생각했습니다. 그러나 아무도 존스를 도와주지 않았습니다. 존스에게 닥친 불행을 이용해서 뭐 이득 볼 것은 없을까 하는 궁리만 했습니다.

동물농장 가까이에는 폭스우드와 핀치필드, 두 개의 농장이 있었습니다. 두 농장의 주인인 프레데릭과 필킹턴은 서로를 너무 싫어해서 의견이 맞았던 적이 없습니다. 그러나 동물농장에서 일어난 반란에 대해서만은 두 사람 다 잔뜩 겁을 냈습니다. 그들 농장의 동물들이 반란의 소식을 듣지 못하도록 신경을 곤두세웠습니다.

"뭐? 동물들이 스스로 농장을 운영한다고? 보름도 못 가 망해 버릴걸."

이 두 사람은 동물농장의 동물들이 밤낮 싸움질만 해서 곧 굶어 죽게 될 거라는 소문을 퍼뜨렸습니다. 한참이 지나도 동물들이 굶어 죽지 않자 다른 소문을 냈습니다.

"끔찍한 일이야. 배고픈 동물들이 서로 잡아먹고, 벌겋게 달군 쇳조각으로 서로 고문하고 있어. 동물 따위가 감히 반란을 일으키다니, 자연의 법칙을 거스른 죗값을 받고 있는 거야."

이 둘이 아무리 동물농장의 반란을 헐뜯어도 소용이 없었습니다. 인간을 쫓아내고 동물들이 스스로 꾸려 가는 멋진 농장이 있다는 소문은 온 나라에 계속 퍼져 나갔습니다. 시골에서는 그해 내내 반란의 기운이 감돌았습니다. 유순한 황소들이 갑자기 사나워지고, 양 떼는 울타리를 망가뜨리며 닥치는 대로 풀을 뜯어 먹고, 암소는 젖을 담는 통을 걷어차고, 말들은 등에 탄 사람들을 담장 밖으로 내동댕이쳤습니다. 무엇보다도 「영국의 동물들」 노래가 온 나라에 알려졌습니다.

"뭐, 그런 노래가 다 있어?"

사람들은 처음에 무시하는 척했지만 솟구치는 화를 참을 수 없었습니다. 그래서 노래 부르는 동물을 보기만 하면 마구 때렸습니다. 그래도 동물들이 노래 부르는 일을 막을 수는 없었습니다. 찌르레기는 울타리에 앉아 노래를 불렀고, 비둘기들은 느릅나무에 올라앉아 꾸꾸거리며 노래를 읊었습니다. 노래 곡조는 대장간의 시끄러운 쇠망치 소리에도 섞여 들어갔고, 교회 종소리에도 섞여 들었습니다. 사람들은 그 노래를 들을 때마다 불길한 예언을 듣는 것 같아 몰래 몸을 떨었습니다.

　시월 초순, 옥수수를 베어다 쌓고, 일부는 타작을 시작할 무렵이었습니다. 비둘기 한 무리가 푸드덕거리며 날아와 급하게 농장 마당에 내려앉았습니다. 그러고는 흥분해서 자신들이 본 것을 외쳤습니다.

"존스가 오고 있어. 일꾼들을 데리고!"

"폭스우드, 핀치필드 농장의 일꾼들도 왔어! 여섯 명이야."

"농장 정문을 지나 마찻길을 따라 올라오고 있어."

"존스는 총을 들었고, 일꾼들은 몽둥이를 가졌어!"

존스가 농장을 되찾으러 온 것입니다.

동물들은 이런 날이 올 줄 알았기 때문에 모든 준비를 미리 해 두었습니다. 스노볼은 옛날 줄리어스 시저가 여러 전투를 치르고 나서 쓴 책 한 권을 존스가 살던 집에서 발견했습니다. 그 책을 읽고 인간의 공격을 어떻게 물리칠지 미리 생각해 두었으므로 스노볼이 전투를 지휘하게 되었습니다.

동물들은 스노볼의 명령에 따라 재빨리 움직였습니다. 사람들이 농장 건물 쪽으로 다가오자 서른여섯 마리의 비둘기들이 일제히 날아가 사람들의 머리 위로 똥을 쏘았습니다. 사람들이 비둘기 똥 공격을 막아 내는 사이, 울타리 뒤에 숨었던 거위들이 내달아 그들의 종아리를 사정없이 쪼았습니다. 인간들은 몽둥이를 휘둘러 쉽사리 거위들을 몰아냈습니다.

동물들의 두 번째 공격이 시작되었습니다. 스노볼이 맨 앞에 서서 염소 뮤리엘, 당나귀 벤자민, 양 떼들을 이끌고 앞으로 내달았습니다. 동물들은 뿔로 사람들을 찌르고 이마로 받아넘겼습니다. 벤자민은 뒤로 돌아서서 작은 발굽으로 발길질을 했습니다. 이번에도 사람들은 끄떡도 하지 않았습니다. 징 박은 구두를 신고 몽둥이까지 들고 있으니 사람들이 훨씬 우세했습니다.

갑자기 스노볼이 "꽥!" 하고 소리쳤습니다. 후퇴 신호였습니다. 동물들이 일제히 돌아서서 농장 문을 통해 마당으로 도망쳐 들어갔습니다.

"저것들이 도망간다!"

사람들은 신나서 소리치며 달아나는 동물들을
뒤쫓기 시작했습니다. 그게 바로 스노볼의 작전
이란 건 꿈에도 몰랐습니다. 사람들이 마당 안으
로 들어서는 순간, 외양간에 숨어 있던 말 세 마리
와 암소 세 마리, 그리고 나머지 돼지 전부가 갑자
기 뒤에서 나타나 도망갈 길을 막았습니다.

　"돌격!"

　스노볼이 외치며 존스를 향해 달려들었습니다.
당황한 존스는 총을 들어 쏘았습니다. 스노볼의
등에서 피가 주르르 흘렀습니다. 또 다른 총알에
맞아 양 한 마리가 죽어 넘어졌습니다. 스노볼은
한순간도 머뭇거리지 않고 거대한 몸뚱이로 존스
의 다리를 들이받았습니다. 존스는 저만치 거름
더미에 가서 처박혔고, 총은 공중으로 날아갔습
니다.

복서가 싸우는 모습은 가장 무시무시했습니다. 복서는 뒷발로 우뚝 서서 쇠발굽이 달린 거대한 앞발로 발길질을 했습니다. 복서의 첫 번째 발길질에 얻어맞은 건 폭스우드 농장의 젊은 마구간지기였습니다. 마구간지기는 진흙 바닥에 철퍼덕 떨어져 쭉 뻗고 말았습니다.

이 광경을 본 사람들은 공포에 질렸습니다. 몽둥이를 내던지고 도망치려 했으나 동물들이 놓아주지 않았습니다. 뿔로 받고 발로 차고 물어뜯고 밟았습니다. 고양이까지도 지붕에서 뛰어내리며 소치기의 어깨에 발톱을 박아 넣었고, 소치기는 크게 비명을 질렀습니다.

인간들은 허겁지겁 마당 밖으로 빠져나가 큰길 쪽으로 달렸습니다. 거위 떼가 뒤를 쫓으며 그들의 종아리를 쪼아 댔습니다.

마당에서는 복서가 바닥에 엎어진 마구간지기의 몸을 뒤집으려 애를 썼습니다.

"죽었나 봐. 죽일 생각은 아니었는데. 쇠발굽을 차고 있다는 걸 잊었어."

복서가 슬픈 목소리로 말했습니다. 스노볼이 상처에서 피를 뚝뚝 흘리며 말했습니다.

"약한 소리 하지 마시오, 동무. 이건 전쟁이란 말이오. 죽이면 안 되는 좋은 인간이란 없소. 우리한테 좋은 인간이란 죽은 인간뿐이오."

그때 누군가 큰소리로 외쳤습니다.

"몰리는 어디 있지?"

동물들은 모두 긴장했습니다. 사람들이 몰리를 해쳤거나, 납치해서 끌고 갔을지도 모를 일입니다.

몰리는 마구간에서 건초 더미에 머리를 박고 숨

어 있었습니다. 존스의 총소리를 듣는 순간 도망을 친 것입니다. 동물들이 몰리를 찾아다니는 동안, 죽은 줄 알았던 마구간지기도 사라졌습니다. 기절했다가 정신이 들자 달아난 것입니다.

동물들은 신이 났습니다. 모두들 자신이 어떻게 싸웠는지 이야기하느라 시끌벅적했습니다.

곧 싸움에서 이긴 것을 축하하는 행사가 열렸습니다. 깃발을 올리고, 동물들은 「영국의 동물들」을 여러 번 합창했습니다. 죽은 양을 위한 엄숙한 장례식을 치르고, 양의 무덤에는 산사나무를 심었습니다. 스노볼이 무덤 앞에서 짤막한 연설을 했습니다.

"모든 동물은 우리 동물농장을 위해 기꺼이 죽을 각오가 되어 있어야 합니다. 여기 잠든 바로 이 양처럼 말입니다."

동물들은 훈장도 만들었습니다. '동물 영웅 일등 훈장'이 그 자리에서 스노볼과 복서에게 수여되었습니다. 훈장은 말 장식용 헌 놋쇠였고, 일요일과 휴일에 달고 다니기로 했습니다. '동물 영웅 이등 훈장'은 죽은 양에게 내려졌습니다.

이번 전투는 '외양간 전투'라 부르기로 했습니다. 존스가 버리고 간 총은 깃발 게양대 아래에 대포처럼 놓아두기로 했습니다. 그리고 일 년에 두 번, 축하의 뜻으로 쏘기로 했습니다. 외양간 전투 기념일이 될 시월 십이 일에 한 번, 그리고 반란 기념일에 한 번.

Animal Farm

동물농장

쫓겨난 스노볼

겨울이 다가오면서 몰리는 점점 말썽꾸러기가 되어 갔습니다. 아침마다 일터에 지각을 했고, 늦잠을 잤다고 변명을 했습니다. 여기저기 온몸이 아프다고 푸념을 하면서도, 밥은 또 어찌나 잘 먹는지 모릅니다.

"몰리, 나랑 얘기 좀 해."

어느 날 클로버는 몰리를 한쪽 구석으로 데리고 갔습니다.

"몰리, 오늘 아침 울타리 앞에서 이웃 농장 일꾼과 마주 보고 서 있더라? 그 일꾼이 말을 걸며 네 콧잔등을 어루만지는 걸 봤어. 대체 뭐하는 거지?"

몰리는 펄쩍 뛰며 발로 땅바닥을 긁었습니다.

"아냐, 그런 일 없었어."

몰리는 밭쪽으로 뛰어 달아났습니다. 클로버는 뭔가 짚이는 것이 있어 몰리의 마구간으로 갔습니다. 짚단을 들추어 보니 각설탕 덩어리와 색색의 리본들이 여러 개 숨겨져 있었습니다.

사흘 뒤 몰리는 사라졌습니다. 한참 뒤 비둘기들이 술집 앞에서 날씬한 마차와 함께 있는 몰리를 보았습니다. 털을 새로 깎고 이마에 분홍 리본을 달고 있던 몰리는 기분이 좋아 보였습니다. 그 뒤로 농장의 동물들은 누구도 몰리의 이야기를 꺼내지 않았습니다.

일월이 되자 매서운 추위가 몰아닥쳤습니다. 땅은 얼어서 쇳덩이처럼 단단했고 밭에서는 아무 일도 할 수 없었습니다. 돼지들은 다가올 봄철에 할 일들을 계획했습니다. 돼지들이 계획한 일들은 총회에서 투표를 하여 많은 동물들의 찬성을 받아 내야 진행할 수 있었습니다.

스노볼과 나폴레옹은 서로 의견이 안 맞아 회의 때마다 부딪쳤습니다.

"내년에는 보리를 좀 더 심어야 하오."

스노볼이 말하면 나폴레옹이 이렇게 주장했습니다.

"아니오, 보리보다는 귀리를 더 많이 심어야 하

오."

회의에서는 말을 잘하는 스노볼이 많은 동물들의 지지를 받았습니다. 그러나 나폴레옹은 뒤에서 동물들을 구워 삶아 자기편을 만들었습니다. 나폴레옹은 특히 양들과 사이가 좋았습니다. 양들은 스노볼의 연설이 한창일 때 "네 발은 좋고 두 발은 나쁘다."고 외쳐 대서 연설을 방해하곤 했습니다.

두 돼지가 가장 심하

게 의견이 부딪친 것은 스노볼이
풍차를 세우자고 내놓은 의견에
서였습니다.

스노볼은 농장 안에 있는 작
은 언덕에 풍차를 세우자
고 주장했습니다.

"풍차를 세우면 전기를
만들어서 농장에서 쓸 수
가 있습니다. 축사를 전깃불로 환
하게 밝히고, 겨울에도 따뜻하게
지낼 수 있어요. 여러 가지 전기기
구를 돌리면 일은 기계가 하고 우
리 동물들은 편안히 풀이나 뜯고,
책 읽고 이야기 나누며 여유 있는
생활을 즐길 수 있습니다."

스노볼의 말에 나폴레옹이 반대 의견을 냈습니다.

"지금 당장 해야 할 일은 식량을 더 많이 생산하는 것이오. 풍차 만드는 데 시간을 보내다간 모두 굶어 죽게 될 것이오."

동물들은 스노볼을 지지하는 파와 나폴레옹을 지지하는 파로 나뉘었습니다. 당나귀 벤자민만은 어느 쪽도 아니었습니다. 벤자민은 떨떠름한 표정으로 말했습니다.

"풍차가 있건 없건 지금까지 그랬던 것처럼 삶은 나쁘게 굴러갈 것이야."

드디어 풍차를 건설할 것인지 말 것인지를 투표에 붙이는 날이 되었습니다.

스노볼이 일어서서 풍차를 세워야 하는 이유를 차근차근 설명했습니다. 나폴레옹이 나서서 "풍차 계획은 터무니없는 것이니 아무도 찬성하지 마시오."라고 짧게 말하고는 자리에 앉았습니다. 양들은 "네 발은 좋고 두 발은 나쁘다"라고 외치기 시작했습니다.

스노볼은 양들에게 고함을 쳐 잠잠하게 만든 다음, 풍차 건설을 지지해 달라고 동물들에게 열정적으로 호소했습니다. 스노볼은 풍차를 세우면 동물농장이 얼마나 좋아질지 설명해 주었습니다. 전기가 있으면 마구간마다 전깃불을 켤 수 있고, 겨울에는 따뜻한 물, 여름에는 찬물을 마실 수 있고, 전기난로를 켜서 따뜻하게 지낼 수 있다고 했습니다. 그뿐 아니라 타작기, 쟁기, 써레, 땅 고르는 롤러, 수확기, 건초 묶는 기계도 돌릴 수 있다고 말했습니다.

스노볼의 연설이 끝났을 즈음에는 동물들이 어

느 쪽에 투표할 것인지 정해진 듯 보였습니다.

그 순간 나폴레옹이 자리에서 일어났습니다. 스노볼을 곁눈질로 한번 보고는 지금까지 아무도 들어 본 적이 없는 높고 날카로운 소리를 "꽥!" 하고 내질렀습니다. 그러자 밖에서 무시무시한 소리가 들리더니, 목걸이에 놋쇠 장식을 더덕더덕 붙인 커다란 개 아홉 마리가 헛간으로 달려왔습니다. 개들은 스노볼을 향해 곧장 달려들었습니

다. 스노볼은 후닥닥 자리에서 일어나 헛간 문밖
으로 달아났고, 개들이 그 뒤를 쫓았습니다.

동물들은 너무 놀라고 겁에 질려서, 헛간 문으
로 몰려가 바깥의 쫓고 쫓기는 광경을 지켜볼 뿐
이었습니다. 스노볼은 풀밭을 가로질러 달렸습니
다. 그 뒤를 개들이 바짝 다가가고 있었습니다. 스
노볼은 마지막 힘을 다해 뛰었고, 아슬아슬하게
개들의 이빨을 피해 울타리 구멍으로 빠져나갔습

니다.

동물들은 겁먹은 얼굴로 제자리로 돌아왔습니다. 쫓던 개들이 이내 돌아왔는데, 그 개들은 바로 나폴레옹이 몰래 키운 강아지들이었습니다. 개들은 몸집이 크고 늑대처럼 사나워 보였습니다. 나폴레옹 곁에 바싹 붙어 꼬리를 흔드는 모습은 농장의 개들이 주인 존스에게 꼬리치던 모습 그대로였습니다.

나폴레옹은 개들을 거느리고 헛간의 조금 높은 연단으로 올라섰습니다. 전에 메이저가 연설을 할 때 서 있던 그 자리였습니다.

"이제부터 회의는 하지 않겠소. 회의는 다 불필요한 시간 낭비란 말이오. 앞으로 농장 운영에 관한 문제는 돼지들로 구성된 특별 위원회가 결정할 것이며, 그 특별 위원회는 나, 나폴레옹이 이끌

것이오. 앞으로 동물들은 일요일 아침에 모여 깃발을 올리고 「영국의 동물들」을 합창하고, 그다음 주에 할 일을 명령받게 될 것이오. 더 이상의 토론은 없소."

나폴레옹의 말을 듣고 동물들은 기분이 몹시 언짢았습니다. 복서조차 기분이 나빠 뭐라 하고 싶었지만 할 말이 얼른 떠오르지 않았습니다.

앞줄에 앉아 있던 젊은 돼지 네 마리가 꽥꽥 날카로운 소리를 지르며 벌떡 일어났습니다. 그러자 나폴레옹을 지키고 있던 개들이 으르렁거렸습니다. 뭐라 말하려던 돼지들은 입을 다물고는 도로 주저앉았습니다. 곧이어 양들이 "네 발은 좋고 두 발은 나쁘다!"를 엄청나게 큰 소리로 외쳐 댔습니다. 그 바람에 토론할 기회는 사라지고 말았습니다.

나중에 스퀼러가 농장 곳곳을 돌아다니며 농장의 새 질서를 다른 동물들한테 설명해 주었습니다.

"동무들은 나폴레옹 동무에게 고마워해야 돼요. 지도자가 되는 게 즐거운 일인 줄 알아요? 천만에! 그건 무거운 책임을 지는 일이죠. 여러분들이 모든 일을 결정하는 거, 나폴레옹 동무도 찬성해요. 그러나 동무들, 여러분은 가끔 틀린 결정을 내릴 수 있고, 그럴 경우 우린 어찌 될까요? 우리가 실수라도 하면 적들이 달려듭니다. 여러분은 존스가 돌아오는 걸 원치 않지요?"

동물들은 정말이지 존스가 돌아오는 걸 바라지 않았습니다. 일요일 아침에 회의를 해서 존스가 돌아오게 되는 거라면 그 회의는 안 하는 게 마땅합니다.

이제 생각을 정리할 수 있게 된 복서가 이렇게 말했습니다.

"나폴레옹 동무가 옳다고 하면 옳은 거야."

이제 날씨는 풀리고 봄철이 되어 쟁기질이 시작되었습니다. 매주 일요일 아침 열 시면 모든 동물들은 헛간에 모여 다음 주에 할 명령들을 전달받았습니다. 이제는 뼈만 남은 메이저의 머리를 무덤에서 파다가 깃대 아래 존스의 총과 나란히 놓았습니다. 깃발을 올리고 나면 동물들은 한 줄로 서서 메이저의 머리뼈에 존경의 인사를 올립니다.

헛간에서는 전처럼 모든 동물들이 옹기종기 섞여 앉는 게 아니었습니다. 나폴레옹과 스퀼러, 그리고 노래를 만들고 시를 잘 쓰는 돼지 미니무스, 이렇게 셋이 높은 연단 앞쪽에 앉습니다. 젊은 개 아홉 마리가 그들 주위를 동그랗게 에워싸고, 그 뒤에 다른 돼지들이 앉았습니다. 나머지 동물들은 이들을 마주 보며 헛간 바닥에 앉게 되어 있었습니다.

나폴레옹이 다음 주에 할 일을 군인처럼 거친 목소리로 읽어 주고 나면 동물들은 「영국의 동물들」을 한 번만 부른 다음 흩어졌습니다.

스노볼이 쫓겨나고 삼 주가 되던 일요일이었습니다. 나폴레옹은 동물들에게 깜짝 놀랄 계획을 발표했습니다.

"동무들, 이제부터 풍차를 건설할 것이오. 풍차는 이 년에 걸쳐 완성할 것이며, 엄청나게 어렵고 힘든 일일 테니, 각오를 단단히 해야 하오. 그 일을 하는 동안은 여러분들에게 주는 먹이를 줄여야 할지도 모르오."

나폴레옹은 왜 생각을 바꾸게 되었는지는 설명하지 않았습니다.

그날 저녁 스퀼러가 동물들을 찾아왔습니다. 이런저런 이야기를 나누다가 새로운 사실이라도 되는 것처럼 말을 꺼냈습니다.

"사실 맨 처음 풍차 건설 계획을 세운 건 나폴레옹이에요. 스노볼이 나폴레옹의 설계도를 훔쳐다가 자기가 만든 척했다고요."

"근데 나폴레옹은 왜 풍차 건설에 반대했죠?"

누군가 묻자 스퀼러는 씩 웃으며 말했습니다.

"그게 바로 나폴레옹 동무의 작전이지요. 나폴레옹은 스노볼이 아주 위험하다고 생각했거든요. 우리 동물들에게 나쁜 영향을 주고 있으니까. 그래서 스노볼을 쫓아내려고 풍차 계획에 반대하는 척한 거죠. 이게 바로 전술이란 거요, 전술."

스퀼러는 명랑하게 웃고 깡충깡충 뛰고 꼬리를 털면서 전술이란 말을 몇 번이나 했습니다. 동물들은 전술이란 말이 무슨 뜻인지 몰랐습니다. 하지만 스퀼러가 하도 믿음직스럽게 말하는 데다, 그 자리에 있던 개들이 으르렁대는 바람에 더 이상 묻지 못했습니다.

Animal Farm

동물농장

누가 풍차를 무너뜨렸나

풍차를 세우는 일은 정말 어려웠습니다. 농장에는 좋은 돌산이 하나 있었고, 또 모래와 시멘트도 많이 있어서 공사에 필요한 재료들은 다 준비된 셈이었습니다. 그러나 돌을 적당한 크기로 깨는 일이 가장 큰 문제였습니다. 곡괭이와 쇠지레 같은 도구는 네 발 달린 동물들이 쓸 수가 없었습니다.

"돌을 산꼭대기로 끌고 가서 아래로 떨어뜨려 부수면 어떨까?"

누군가 좋은 생각을 해냈습니다. 동물들은 돌산 밑에 있는 큰 돌들을 밧줄로 묶어 꼭대기까지 끌고 올라갔습니다. 암소, 말, 양 할 것 없이 밧줄을 쥐거나 끌고 갈 수 있는 동물들은 모두 그 일에 매달렸습니다. 가끔 돼지들도 함께했습니다. 돌덩이를 꼭대기에서 아래로 밀면, 산 밑에까지 굴러 떨어지면서 작은 조각으로 깨졌습니다.

깨진 돌들은 말들이 수레에 실어 날랐습니다. 양들은 돌 한 개씩을 밀고 갔습니다. 염소 뮤리엘과 당나귀 벤자민도 헌 마차로 돌을 날랐습니다.

늦여름이 되자 돌들이 충분히 모였고, 돼지들의 감독 아래 풍차 벽을 쌓는 공사가 시작되었습니다.

　일은 무척 느렸고, 힘들었습니다. 돌덩이 하나를 꼭대기까지 끌어올리는 데 꼬박 하루가 걸릴 때도 있었습니다. 힘들게 끌어올렸는데도 산 밑에 굴러간 돌이 깨지지 않을 때도 있었습니다.

　이 일은 복서가 없었다면 못 했을 것입니다. 산꼭대기로 끌고 올라가던 돌덩이가 미끄러져 내리면 밧줄을 끌던 동물들이 돌덩이와 함께 질질 끌려가면서 비명을 질러대곤 했습니다. 그럴 때마다 복서는 자신의 몸에 감은 밧줄을 있는 힘껏 버텨 굴러가던 돌을 멈추게 했습니다. 발굽으로 땅을 단단히 밟고, 허리가 온통 땀투성이가 되어 한 발 한 발 비탈길로 돌덩이를 끌어 올리는 모습은 정말 믿음직스러웠습니다.

　이제 복서는 아침에 남들보다 45분 일찍 일어났

습니다. 밭에서 일하다 잠시 틈이 생기면 쉬지 않고 혼자 돌산으로 갔습니다. 깨진 돌을 한 수레 실어 풍차 공사장으로 날랐습니다.

일은 몹시 힘들었으나 동물들의 생활은 그리 나쁘지 않았습니다. 하지만 여름을 지나는 동안 여러 가지 문제가 생겼습니다. 등잔 기름, 못, 끈, 개먹이 비스킷, 말발굽에 쓸 쇠, 이런 물건들은 동물들이 만들어 낼 수 없었습니다. 곧 씨앗과 비료도 있어야 할 테고 여러 가지 농기구들, 그리고 풍차에 쓸 기계들도 필요했습니다. 이것들을 어떻게 구할지 아무도 알지 못했습니다.

어느 일요일 아침, 동물들이 헛간에 모이자 나폴레옹은 새로운 정책 하나를 발표했습니다.

"지금부터 우리는 이웃의 다른 농장들에 농작물을 팔 것입니다. 돈을 벌기 위해서가 아니라 꼭 필요한 물건들을 구하기 위해서입니다. 무엇보다 풍차를 건설하기 위해서는 돈이 꼭 필요합니다. 그래서 건초 한 더미와 올해 수확한 밀을 조금 팔 것이며, 나중에 돈이 더 필요하면 달걀을 팔아 부족한 것을 채우겠습니다."

암탉들이 못마땅해서 고개를 갸우뚱거리자 나폴레옹은 한마디 덧붙였습니다.

"암탉들은 풍차 건설에 특별히 공헌할 수 있는 기회를 영광으로 알아야 합니다."

동물들은 찜찜하고 불안했습니다. 인간들과는 절대로 거래하지 않는다, 장사하지 않는다, 돈을 사용하지 않는다, 이런 것들은 죽은 메이저가 당부했던 일입니다. 젊은 돼지 네 마리가 쭈뼛쭈뼛 항의하려고 나서자 개들이 무시무시한 소리로 으르렁거렸습니다. 그러자 양들이 "네 발은 좋고 두 발은 나쁘다!"라고 외쳤습니다.

나폴레옹은 앞발을 들어 조용히 하라는 몸짓을 한 뒤에 다시 말을 시작했습니다.

"인간을 만나는 기분 나쁜 일은 이 나폴레옹이 맡겠습니다. 휨퍼라는 이름의 변호사가 이웃 농장들과의 거래를 맡아 주기로 했습니다. 그가 나의 지시를 받기 위해 매주 월요일 아침 농장에 올 것입니다. 그러니 여러분들은 아무 걱정 안 해도 됩니다."

나폴레옹은 "동물농장 만세!"를 외치고 연설을 끝냈습니다. 동물들은 「영국의 동물들」을 합창하고 자기 자리로 흩어졌습니다.

이어서 스퀼러가 농장을 돌면서 동물들의 마음을 달랬습니다.

"우리는 장사를 하지 않는다거나 돈을 사용하지

않는다는 결의안을 통과시킨 적이 없어요. 그런 말조차 나온 적이 없는걸요. 누군가 상상한 모양이군요. 이런 터무니없는 상상을 믿다니, 그건 아마 스노볼이 퍼뜨린 거짓말 때문일 거예요."

몇몇 동물들이 계속 고개를 갸웃거리자 스퀼러는 날카롭게 따져 물었습니다.

"동무들, 꿈을 꾼 거 아니오? 동무는 그 결의에 대한 기록을 가지고 있나요? 그런 기록이 있으면 어디 봅시다."

문서로 남은 기록이 있을 리 없습니다. 동물들은 자기들이 잘못 알았나 보다며 고개를 끄덕였습니다.

나폴레옹이 말한 대로 월요일마다 휨퍼가 농장에 찾아왔습니다. 동물들은 인간이 농장에 들락거리는 것을 두려운 눈으로 지켜보았습니다. 그런데 나폴레옹이 인간에게 명령을 내리고 있는 모습이 여간 자랑스럽지 않았습니다. 동물들은 점점 인간과의 거래를 좋은 일로 여기게 되었습니다.

그 무렵 농장의 돼지들이 존스가 살던 안채로 들어가 살기 시작했습니다.

"어떤 동물도 집 안에 들어가 살아서는 안 된다고 하지 않았어?"

농장의 동물들은 수군거렸습니다. 그러자 또다시 스킬러가 와서 동물들을 구슬렸습니다.

"돼지들이야말로 농장의 머리 아닌가요? 그들은 조용히 일할 곳이 필요해요. 우리의 지도자 나폴레옹 동지가 체면이 있지, 돼지우리 같은 데서 살 수는 없어요."

돼지들이 인간처럼 식당에서 식사를 하고, 거실

을 휴게실로 쓸 뿐만 아니라 잠도 침대에서 잔다는 이야기가 들렸습니다. 몇몇 동물들은 다시 기분이 나빠졌습니다. 복서는 여느 때처럼 "나폴레옹은 언제나 옳아." 하고는 넘어가려 했습니다. 하지만 클로버는 침대에서 자지 않는다는 계명이 떠올라 계명을 확인하러 헛간 벽으로 갔습니다.

"뮤리엘, 저기 저 네 번째 계명 좀 읽어 줘. 침대에서 자면 안 된다고 씌어 있지?"

염소 뮤리엘은 약간 어렵다는 듯 더듬거린 끝에 계명을 읽어 내려갔습니다.

"어떤 동물도 '이불을 덮고' 침대에서 자면 안 된다고 적혀 있어."

"이불이라고? 그걸 왜 기억 못 했지?"

이상하게도 클로버가 아무리 기억을 더듬어 봐도 이불에 대해 들은 기억이 없었습니다. 그러나

벽에는 분명 그렇게 씌어 있었습니다.

때마침 개 두어 마리를 거느리고 지나가던 스퀼러가 동물들의 의문점을 정리해 주었습니다.

"동무들은 우리 돼지들이 안채 침대에서 잔다는 얘길 들은 모양이군요. 침대에서 못 잘 이유라도 있나요? 침대란 단순히 잠자는 곳이에요. 마구간의 짚단도 침대 아니오? 규칙이 금지한 건 침대가 아니라 이불이에요. 이불이란 인간이 만들어 낸 것입니다. 우린 침대에서 이불을 걷어 내고 담요를 깔고 덮어요. 물론 편안한 침대이지요. 하지만, 동무들! 요즘 우리가 하는 두뇌 노동을 생각해 보시오. 그 정도의 편안함도 충분치 않아요. 설마 우리 돼지들이 피곤에 지쳐 일을 제대로 못 하는 꼴을 보고 싶은 거요? 그래서 존스가 되돌아오길 바라는 것은 아닐 테지요?"

"절대로 그런 건 아니에요."

동물들은 돼지들이 안채 침대에서 자는 것에 더 이상 문제 삼지 않았습니다.

그로부터 며칠 뒤 돼지들만 아침에 한 시간 늦게 일어나기로 한다는 발표가 나왔습니다. 그때도 동물들은 아무 불평도 하지 않았습니다.

가을이 왔습니다. 힘든 일 년이었고, 건초와 옥수수를 팔고 난 뒤라 겨울을 날 식량도 넉넉하지 못한 형편이었습니다. 하지만 동물들은 행복했습니다. 곧 완성될 풍차를 생각하면, 모든 어려움을 잊을 수 있었습니다.

풍차 공사는 절반쯤 진행된 상태였습니다. 추수를 마친 뒤라 동물들은 그 어느 때보다 열심히 일했습니다.

십일월, 태풍이 부는 동안 풍차 공사는 잠시 중

단되었습니다. 어느 날 밤, 센 바람이 불어 농장 축사들을 뒤흔들었습니다. 지붕의 타일이 날아가고, 대포가 터지는 듯 큰 소리가 나는 무시무시한 밤이었습니다.

아침에 동물들이 밖으로 나와 보니 깃발 게양대가 넘어져 있고, 과수원 아래쪽의 느릅나무 하나가 뿌리째 뽑혀 넘어져 있었습니다. 그것보다 더 놀라운 광경은 바로 풍차가 무너진 모습이었습니다.

놀란 동물들은 풍차로 달려갔습니다. 좀체 뛰는 일이 없는 나폴레옹이 맨 앞에서 달렸습니다. 풍차가 바닥까지 무너져 돌들이 사방으로 흩어져 있었습니다. 동물들은 할 말을 잃고 무너진 돌무더기들을 슬픈 눈으로 바라만 보았습니다.

나폴레옹은 왔다 갔다 하면서 땅에 코를 대고

냄새를 맡았습니다. 그러고는 낮은 소리로 말했습니다.

"동무들, 이게 누구의 짓인지 아시오? 밤중에 숨어들어 우리 풍차를 무너뜨린 적, 그는 바로 스노볼이오!"

나폴레옹의 목소리가 갑자기 천둥 치듯 높아졌습니다.

"스노볼, 그 반역자는 우리 일을 망치기 위해서, 자신이 쫓겨난 걸 앙갚음하기 위해서 밤을 틈타여기 숨어든 거요. 그리고 우리가 일 년 동안 공들여 세운 풍차를 무너뜨린 겁니다. 동무들, 나는 이 자리에서 스노볼에게 사형을 선고하는 바이오. 누구든 그자를 처단하는 동물에게는 동물 영웅이등 훈장과 사과 반 포대를 주겠소. 산 채로 잡아오는 동물에게는 사과 한 포대를 주겠소!"

동물들은 큰 충격을 받았습니다. 스노볼을 반드시 잡아야 한다고 여기저기서 분노의 목소리들이 터져 나왔습니다.

"동무들, 지금 당장 풍차를 다시 세웁시다. 이 겨우내 날씨가 좋건 비가 오건 공사를 계속할 것이오. 그 가증스런 반역자에게 우리 일을 쉽게 망칠 수 없다는 걸 가르쳐 줍시다. 동무들! 승리의 날까지 우리는 계획을 밀고 나갈 것이오. 전진합시다, 풍차 만세! 동물농장 만세!"

Animal Farm

동물농장

반역자를 찾아라

힘든 겨울이었습니다. 날씨는 몹시 추웠고, 풍차 공사는 느릿느릿 진행되었습니다. 동물들은 전처럼 넘치는 희망을 품을 수가 없었습니다. 늘 춥고 배가 고팠기 때문입니다. 복서와 클로버만이 용기를 잃지 않고 있었습니다.

일월이 되자 식량이 바닥나기 시작했습니다. 배

급되는 옥수수의 양은 크게 줄었고, 동물들은 얼고 썩어 먹을 수도 없는 감자를 먹이로 받았습니다. 마른풀과 사탕무만을 먹으며 지내기도 했습니다.

어느 일요일 아침, 스퀼러가 암탉들에게 달걀을 모두 내놓아야 한다고 발표했습니다.

"나폴레옹이 휨퍼를 통해 일주일에 달걀 사백 개씩을 식품점에 팔기로 계약했습니다. 그 달걀 값이면 농장 형편이 풀리는 여름까지 충분한 곡식을 구할 수 있을 거요."

발표를 들은 암탉들은 소리를 지르며 대들었습니다.

"곧 봄이 와서 병아리들을 품으려고 알을 모으는 중인데 그걸 내놓으라고?"

"이건 병아리들을 죽이는 일이라고요!"

농장 분위기가 험악해졌습니다. 존스를 몰아내고 난 뒤 처음으로 농장에 반란의 기운이 감돌았습니다.

"어디 달걀을 가져가 보시지."

세 마리 젊은 암탉이 앞장서서 다른 암탉들과 서까래 위로 날아올라 갔습니다. 거기서 알을 낳았고, 그 알들은 서까래 아래 바닥으로 떨어져 산산조각이 났습니다.

나폴레옹은 암탉들에게 식량을 주지 말라고 명령을 내렸습니다. 암탉들은 닷새를 버티다가 항복하고 닭장으로 되돌아갔습니다. 그 사이 암탉 다섯 마리가 굶어 죽었으나, 돼지들은 병에 걸려 죽은 것이라고 발표했습니다.

식품점의 마차가 일주일에 한 번씩 농장에 와서 달걀을 실어 갔습니다.

이른 봄 어느 날, 스노볼이 동물농장에 들락거리린다는 소문이 들렸습니다. 매일 밤 스노볼은 농장에 들어와 옥수수를 훔치고, 우유 통을 엎고, 달걀을 깨뜨리고, 과일나무 줄기를 이빨로 물어뜯는답니다. 모든 잘못이 다 스노볼이 한 일이 되어 버렸습니다.

  "스노볼이 창문을 깨뜨렸어."

  "스노볼이 배수구를 막아 놔서 물이 넘쳤지 뭐야."

  "광 열쇠는 어디 갔지? 스노볼이 우물에 던진 게 틀림없어."

  광 열쇠는 식량 가루를 담아 둔 자루 속에서 나왔습니다. 그런데도 동물들은 스노볼이 광 열쇠를 우물에 던졌다는 믿음을 바꾸지 않았습니다.

  나폴레옹은 개들을 거느리고 농장의 모든 건물

과 축사들을 조사하러 나섰습니다. 그는 헛간, 외양간, 닭장, 채소밭 할 것 없이 농장 구석구석의 냄새를 맡았고, 가는 곳마다 스노볼의 흔적을 발견했습니다.

"스노볼이야! 그가 여기도 왔다 갔어!"

나폴레옹의 입에서 스노볼이란 이름이 튀어나올 때마다 개들은 이빨을 드러내고 무섭게 으르렁거렸습니다.

동물들은 겁에 질

렸습니다. 스노볼이 유령처럼 허공을 떠다니며 온갖 위험한 일을 저질러 그들을 위협하고 있는 것 같았습니다. 저녁이 되자 스킬러가 동물들을 모이게 했습니다.

"동무들, 아주 놀라운 일을 하나 발견됐습니다. 핀치필드 농장의 프레데릭은 지금도 우리를 공격해서 농장을 빼앗으려 하는 자요. 그런데 스노볼이 그 프레데릭한테 붙어서 우리 농장을 공격할 때 안내를 맡기로 했다는 겁니다. 더 고약한 일은 스노볼이 처음부터 존스의 편이었다는 겁니다!

이 모든 사실은 스노볼이 남기고 달아난 문서에서 밝혀졌습니다. 동무들, 스노볼이 외양간 전투 때 우리가 패배하도록 어떻게 꾀를 썼는지 이제 알겠죠?"

동물들은 외양간 전투 때 스노볼이 앞장서서 얼마나 용감히 싸웠는지 모두 기억하고 있습니다. 그런 스노볼이 존스의 편이었다니, 도무지 앞뒤가 안 맞는 일입니다. 좀체 질문을 하지 않는 복서까지도 한마디 안 할 수가 없었습니다.

"난 믿을 수 없어요. 스노볼이 외양간 전투 때 용감하게 싸우는 걸 내 눈으로 봤어요. 전투가 끝나고 우리는 그에게 동물 영웅 일등 훈장을 주지 않았나요?"

"그건 우리가 몰라서 한 일이에요. 그가 남긴 비밀문서를 보고 이제야 진실을 알게 된 거요."

"그는 부상까지 당했어요. 나는 그가 피를 흘리며 적에게 돌진하는 것을 보았다고요."

복서가 다시 말하자 스퀼러가 큰 소리로 말했습니다.

"그것도 서로 짜고 한 짓이라고! 총알은 스노볼의 등을 살짝 스치고 지나갔을 뿐입니다. 우리가 이기는 순간에 후퇴 신호를 보내고 싸움터를 적에게 넘겨주는 것이 그의 음모였어요. 우리의 영웅적 지도자 나폴레옹 동무가 아니었다면, 스노볼의 음모는 성공했을 거요. 존스 일당이 마당으로 들어왔을 때를 생각해 봐요. 스노볼이 갑자기 뒤돌아 달아났고, 많은 동물들이 뒤따라 도망쳤던 일이 생각 안 나요? 바로 그 순간 나폴레옹 동무가 달려 나와 "인간들에게 죽음을!" 하고 외치며 존스의 다리를 물어뜯질 않았나요?"

스킬러가 이리저리 깡충깡충 뛰어다니며 말했습니다.

동물들은 정말 그랬던 것 같다는 생각이 들었습니다. 어쨌거나 그날 전투 중에 스노볼이 뒤돌아 달아난 건 그들도 기억하고 있었습니다. 그러나 복서는 여전히 마음이 개운치 않았습니다.

"난 스노볼이 처음부터 반역자였다고는 생각하지 않아요. 외양간 전투 때의 그는 좋은 동무였소."

"우리의 지도자 나폴레옹 동무께서는."

스킬러는 아주 천천히, 한 마디 한 마디 힘주어 말했습니다.

"스노볼이 처음부터 존스의 첩자였고, 동물들의 반란이 계획되기 오래전부터 첩자 노릇을 했다고 말했습니다. 틀림없이 그렇다고 말했단 말입니다.”

그제야 복서는 고개를 끄덕였습니다.

“아, 나폴레옹 동무가 그렇다고 하면 틀림없는 일이겠죠.”

“동무는 참으로 훌륭한 동물 정신을 가졌군요.”

스퀼러는 입으로는 칭찬하면서도 반짝거리는 작은 눈으로는 복서를 험악하게 노려보았습니다. 스퀼러는 나가려다 말고 돌아서서 몇 마디 덧붙였습니다.

“동무들, 모두 눈을 크게 뜨고 있으시오. 이 순간에도 스노볼의 첩자들이 우리들 가운데 숨어 있단 말입니다.”

그로부터 나흘 뒤, 나폴레옹은 오후 늦은 시간에 모든 동물들을 불러 모았습니다. 나폴레옹은 메달 두 개를 달고 나타났습니다. 동물 영웅 일등 훈장과 동물 영웅 이등 훈장으로, 최근 자신에게 스스로 수여한 것입니다. 큰 개 아홉 마리가 나폴레옹을 둘러싸고 으르렁대며 뛰어다녔습니다. 곧 무서운 일이 벌어질 것만 같은 예감에 동물들은 제자리에 가서 움츠리고 섰습니다.

나폴레옹은 동물들을 무서운 눈으로 훑어보다가 "꽥!" 하고 소리를 높였습니다. 그러자 개들이 달려 나와 돼지 네 마리의 귀를 덥석 물고 나폴레옹 앞으로 끌어냈습니다. 그리고 곧바로 개 세 마리가 복서에게 달려들었습니다. 복서는 커다란 발굽을 들어 그중 한 마리를 낚아채 발굽으로 누르고 섰습니다. 개는 살려 달라고 비명을 질렀고, 다른 개 두 마리는 뒷다리 사이로 꼬리를 내리고 도망을 쳤습니다.

복서는 개를 죽여야 할지, 놓아주어야 할지 알

고 싶다는 듯 나폴레옹을 쳐다보았습니다. 나폴레옹은 놀란 듯하더니 개를 놔주라고 복서에게 명령했습니다. 복서가 발굽을 들자 개는 길게 한 번 울부짖으며 상처난 몸을 빼어 달아났습니다.

"너희들의 죄를 자백하라!"

나폴레옹은 벌벌 떨고 있는 네 마리의 돼지들에게 명령했습니다. 그들은 나폴레옹이 회의를 없앤다고 했을 때 항의하려고 했던 돼지들입니다. 돼지들은 지금까지 몰래 스노볼과 만났고, 스노볼과 짜고 풍차를 무너뜨렸으며, 동물농장을 프레데릭에게 넘겨주기로 스노볼과 짰다고 순순히 자백했습니다. 자백이 끝나자 개들이 달려들어 돼지들의 목을 물어뜯었습니다.

나폴레옹은 또 자백할 것이 있는 동물은 앞으로 나오라고 명령했습니다. 달걀 사건 때 반란을 이

끌었던 암탉 네 마리가 나와 말했습니다.

"꿈에 스노볼이 나타나서 나폴레옹 동무의 명령에 반항하라고 시켰어요."

그들 역시 처형되었습니다.

이번에는 거위가 나와서 작년 추수 때 옥수수 이삭 여섯 개를 훔쳐 밤에 먹어 치웠다고 자백했습니다. 이어 양 한 마리가 나섰습니다.

"나는 함께 먹는 물웅덩이에 오줌을 쌌어요. 그건 스노볼이 시킨 일이에요."

자백을 마친 동물들은 그 자리에서 죽임을 당했습니다.

나폴레옹의 발 앞에 죽은 동물들의 시체가 쌓이고, 농장에는 피 냄새가 진동을 했습니다.

처형이 끝나자 돼지와 개들을 뺀 나머지 동물들은 한 덩어리가 되어 마당을 빠져나갔습니다. 그들은 큰 충격을 받았고, 비참한 기분이었습니다. 반역자 스노볼과 한 패가 된 동물이 있다는 것이 충격적인지, 아니면 방금 본 참혹한 처형이 더 충격적인지 알 수 없었습니다.

동물들은 풍차 공사가 반쯤 이루어진 언덕으로 향했습니다. 그들은 서로 몸을 붙이고 한곳에 웅크리고 앉았습니다. 클로버, 뮤리엘, 벤자민, 암소와 양들, 농장의 거위와 암탉들 그 모두가.

한참 만에 복서가 말문을 열었습니다.

"이런 일이 우리 농장에서 일어나다니, 뭔가 잘못됐어. 내 생각으론 더 열심히 일하는 것만이 해결 방법인 거 같아. 이제부터 아침에 한 시간 먼저 일어나겠어."

복서는 채석장으로 향했습니다. 거기서 수레 가득 돌을 실어 두 번이나 풍차 공사장으로 나르고 마구간으로 돌아갔습니다.

　동물들이 앉아 있는 언덕에서는 농장이 한눈에 들어왔습니다. 언덕 아래를 내려다보는 동안 클로버의 눈에는 눈물이 고였습니다.

　메이저가 동물들에게 반란을 가르쳐 주었던 그날 밤, 그들이 꿈꾸고 기대했던 세상은 이런 모습이 아니었습니다. 동물이 동물을 죽이다니요. 클로버의 머릿속에 담긴 미래의 모습은 굶주림과 회초리에서 벗어난 동물들의 세상, 모든 동물이 평등하고 모두가 자기 능력에 따라 일하는 세상, 메이저의 연설이 있던 그날 밤 클로버가 새끼 오리들을 보호해 주었듯이 강한 동물이 약한 동물을 보호해 주는 그런 세상이었습니다. 그런데 지금은 아무도 자기 생각을 감히 꺼내 놓지 못하고, 사나운 개들이 으르렁거리며 돌아다니고, 동물들이 무서운 죄를 자백한 다음 갈가리 찢겨 죽는 꼴을 보아야 합니다. 왜 이렇게 된 건지 클로버로서는 알 수 없었습니다. 존스 시절에 비하면 지금이 훨씬 낫고, 인간이 되돌아오지 못하게 하는 일이 무척 중요하다는 것도 잘 압니다. 그렇기 때문에 클로버는 앞으로도 열심히 일하고, 동물농장에 충성하고, 나폴레옹의 명령에 따를 것입니다. 하지만 클로버를 비롯하여 농장의 동물들이 반란을 일으키고, 허리가 휘게 일한 것은 오늘 같은 날을 바라서가 아닙니다. 존스의 총 앞에 대든 것도 이런 날을 위해서가 아니었습니다.

클로버는 「영국의 동물들」을 부르기 시작했습니다. 다른 동물들도 따라 불렀습니다. 세 번을 연달아 천천히, 슬프게 그 노래를 불렀습니다. 세 번째 노래가 막 끝났을 때 스킬러가 개 두 마리를 데리고 그들 쪽으로 다가왔습니다.

"나폴레옹 동무의 특별 명령입니다. 이제부터 「영국의 동물들」 노래는 부르지 마시오."

동물들은 크게 놀랐습니다. 염소 뮤리엘이 물었습니다.

"왜 부르면 안 되죠?"

"「영국의 동물들」은 반란 때의 노래였소. 이제 반란은 이루어졌고, 오늘 오후 반역자들을 처형한 것으로 완전히 끝났어요. 이제 밖의 적들뿐 아니라 안의 적도 다 물리쳤으니까. 또 「영국의 동물들」은 우리가 살고 싶은 미래 사회를 표현한 노래예요. 이제 그 사회가 이루어졌으니 더 이상 부르지 않아도 된단 말입니다."

겁을 먹고는 있었지만 그래도 몇몇 동물들은 항의를 하고 싶은 심정이었습니다. 그런데 그 순간 양들이 또 "네 발은 좋고 두 발은 나쁘다!"라고 외쳐 댔습니다. 그 바람에 토론할 시간이 없어졌습니다.

시를 쓰는 돼지 미니무스가 영국의 동물들 대신 다른 노래를 지었습니다. 매주 일요일 깃발을 올리고 나면 동물들은 새 노래를 불렀습니다. 하지만 그 노래는 「영국의 동물들」만큼 그들의 마음을 달래 주지 못했습니다.

Animal Farm

동물농장

풍차 전투로 잃은 것

　며칠이 지나서 동물들은 차차 충격에서 헤어 나왔습니다. 그러자 일곱 계명 가운데 여섯 번째 계명인 '어떤 동물도 다른 동물을 죽여선 안 된다.'가 생각났습니다.

　클로버는 당나귀 벤자민에게 여섯 번째 계명을 읽어 달라고 부탁했습니다.

"난 이런 일엔 끼어들고 싶지 않아."

벤자민이 거절하자 클로버는 하는 수 없이 염소 뮤리엘을 헛간 벽으로 데려와 읽어 달라고 말했습니다.

"어떤 동물도 '이유 없이' 다른 동물을 죽여서는 안 된다."

뮤리엘이 읽어 주는 계명을 들으며 클로버는 고개를 갸웃거렸습니다.

"계명에 '이유 없이'라는 말이 처음부터 들어 있었나?"

클로버와 뮤리엘은 고개를 갸웃거렸습니다. 하지만 스노볼과 한패가 된 반역꾼을 죽이는 건 이유 있는 일이니까 계명을 어긴 건 아니라고 생각했습니다.

그해 내내 동물들은 전보다 훨씬 더 많은 일을 했습니다. 풍차 벽을 전보다 두 배나 두껍게 쌓아야 했고, 농장에서 해야 할 일도 많았습니다. 그런데도 먹는 것은 존스 시절보다 나을 것이 없었습니다.

일요일 아침이면 스킬러가 기다란 두루마리를 들고 와서 숫자를 읽어 주며 말했습니다.

"동무들, 우리 농장의 식량 생산량이 200퍼센트, 300퍼센트, 500퍼센트 늘어났습니다."

동물들은 숫자는 잘 모르겠고, 그저 먹을 것이나 많이 주었으면 좋겠다고 생각했습니다.

이제 나폴레옹은 동물들 앞에 잘 나타나지 않았습니다. 어쩌다 한 번씩 모습을 나타낼 때는 개들이 그를 호위했고, 수탉 한 마리가 앞에서 행진하면서 나팔수 노릇을 했습니다. 나폴레옹이 연

설을 하기에 앞서 수탉이 "꼬끼오, 꼭. 꼬꼬, 꼬끼오!"하고 나팔을 불었습니다.

안채 안에서도 나폴레옹은 다른 돼지들과 따로 방을 쓴다는 소문이 있었습니다. 자기 방에서 개두 마리의 시중을 받으며 혼자 식사를 하고, 응접실의 유리 찬장에 들어 있는 고급 그릇에 담아서 먹는다는 것입니다. 깃발 게양대의 총은 반란 기념일, 외양간 전투 승리일에만 쏘았는데 이제 나폴레옹의 생일에도 쏜다고 발표했습니다.

이제 나폴레옹을 부를 때는 '우리의 지도자 나폴레옹 동무' 또는 '모든 동물의 아버지', '인간들이 두려워하는 분', '양 떼의 보호자', '어린 오리들의 친구' 등의 호칭을 갖다 붙여야 했습니다.

드디어 풍차 건물의 공사가 끝났습니다. 휨퍼가 돌아다니며 풍차에 쓸 기계를 구하고 있으니 곧 풍차는 완성될 것입니다.

동물들은 풍차를 만든 자신들이 자랑스러웠습니다.

"이걸 세우느라 정말 고생했어."

"이제 풍차 날개가 돌면서 전기를 생산하면 우리 농장은 얼마나 좋아질까?"

동물들은 피로를 잊고 승리의 환성을 지르며 풍차 주위를 뛰어다녔습니다. 나폴레옹도 개들과 수탉 나팔수를 거느리고 몸소 언덕으로 나와 완성된 건물을 시찰했습니다.

"동무들, 풍차를 세우느라 정말 수고가 많았소. 이제 이 풍차의 이름을 나폴레옹 풍차라고 짓겠소."

동물농장 마당에는 십 년 전에 숲의 나무를 잘라 낸 좋은 목재가 쌓여 있었습니다. 이웃 농장 주인 필킹턴과 프레데릭 둘 다 그 목재를 몹시 탐내고 있었습니다. 이틀 뒤 그 목재를 프레데릭에게 팔겠다는 발표가 나왔습니다. 동물들은 어리둥절했습니다. 나폴레옹은 그동안 필킹턴과 친하게 지내면서 프레데릭을 원수처럼 여겼기 때문입니다. 그런 궁금증은 스퀼러가 풀어 주었습니다.

"그건 나폴레옹 동지가 꾀를 쓴 것이라오. 필킹턴과 친하게 지내는 척하면서 프레데릭에게는 목재를 안 팔 것처럼 해, 값을 올려 받을 수 있었다고요."

목재가 모두 실려 나간 뒤, 헛간에서는 특별 모임이 열렸습니다. 나폴레옹은 가슴에 훈장을 두 개나 달고 헛간의 짚단 침대에 높이 올라앉아 있었습니다. 그 앞의 커다란 접시 위에는 돈이 보기 좋게 쌓여 있었습니다. 나폴레옹은 만족스런 웃음을 띠고 말했습니다.

"프레데릭에게서 받은 돈이 여기 있소. 동무들, 마음껏 구경하시오."

동물들은 줄을 서서 천천히 접시 앞을 지나며 돈을 구경했습니다. 복서는 돈에 코를 들이대고 냄새도 맡아 보았습니다.

그런데 삼 일 뒤 큰 소란이 벌어졌습니다. 프레데릭이 준 돈이 가짜라는 것입니다. 프레데릭은 가짜 돈을 주고 공짜로 목재를 가져갔습니다. 나폴레옹은 무섭게 화를 내며 프레데릭에게 사형 선고를 내렸습니다. 프레데릭을 잡으면 끓는 물에 넣어 삶아 죽일 것이라고 외쳤습니다.

바로 다음 날 프레데릭과 일당 열다섯 명이 농장으로 쳐들어왔습니다. 그중 여섯 명은 총을 들었습니다. 동물들이 다가가자 그들은 총을 쏘아 댔습니다. 사방에서 터지는 총소리와 날아오는 총알에 동물들은 어쩔 수 없이 뒤로 물러섰습니다. 많은 동물들이 부상을 당하여 건물 여기저기로 숨어들었습니다.

넓은 풀밭과 풍차가 적들의 손에 넘어갔습니다. 나폴레옹도 어쩔 줄 모르고 이리저리 서성댔습니다.

프레데릭과 부하들은 풍차 앞에서 발을 멈추었습니다. 프레데릭의 부하 두 사람이 까마귀발처럼 생긴 쇠지레와 큰 쇠망치를 꺼내 들었습니다. 그들은 풍차를 때려 부수려는 것 같았습니다. 나폴레옹이 말했습니다.

"어림도 없지. 벽이 얼마나 두꺼운데. 일주일 걸려도 안 될걸. 동무들, 용기를 내시오."

그러나 당나귀 벤자민은 인간들이 하는 짓을 유

심히 보았습니다. 그들은 풍차 아래쪽에 구멍을 내는 중이었습니다. 벤자민은 천천히, 아주 흥미 있다는 듯이 긴 주둥이를 끄덕이며 말했습니다.

"내 저럴 줄 알았어. 저자들이 뭘 하는지 모르겠소? 구멍에 폭약을 집어넣으려는 거요."

동물들은 겁에 질려 잠자코 지켜보았습니다. 몇 분 지나자 인간들이 사방으로 뛰어 흩어졌고, 이어서 귀를 먹먹하게 하는 폭발 소리가 들렸습니다. 비둘기들은 허공으로 퍼덕이며 날아올랐고, 동물들은 나폴레옹만 빼고 모두 바닥에 배를 깔고 엎드리면서 얼굴을 파묻었습니다. 그들이 다시 일어났을 때 풍차가 섰던 자리에는 검은 연기가 자욱하게 덮여 있었습니다. 바람이 서서히 연기를 걷어 내자 풍차는 사라지고 없었습니다.

동물들은 화가 머리끝까지 치솟았습니다. 조금

전까지 그들이 느끼던 두려움은 순식간에 사라졌습니다.

"저들을 가만두면 안 돼!"

누구 명령을 기다릴 새도 없이 동물들은 한 몸이 되어 적을 향해 달려들었습니다. 동물들은 머리 위로 우박처럼 쏟아지는 총알도 두렵지 않았습니다. 맹렬하고 치열한 싸움이 벌어졌습니다. 인간들은 계속 총을 쏘았습니다. 동물들이 코앞까지 다가가자 몽둥이를 휘두르고 구둣발로 걷어찼습니다. 암소 하나, 양 세 마리, 거위 두 마리가 죽어 넘어지고, 동물들 거의 모두가 부상을 당했습니다. 뒤에서 싸움을 지휘하던 나폴레옹도 총알에 맞아 꼬리 끝부분이 날아갔습니다. 인간들도 무사하지는 못했습니다. 프레데릭의 부하 셋이 복서의 발에 차여 머리가 깨졌고, 다른 하나는 암소 뿔에 배를 받혔고, 또 하나는 개에게 물려 바지가 거의 찢겨 나갔습니다. 개 아홉 마리가 나폴레옹의 지시에 따라 울타리를 한 바퀴 돌아 반대편에서 인간들 앞에 불쑥 나타났습니다. 개들이 사납게 짖으며 덤벼들자 인간들은 겁을 먹었습니다. 프레데릭은 포위되기 전에 빠져나가자고 부하들에게 소리쳤고, 겁먹은 인간들은 도망치기 시작했습니다. 동물들은 밭 아래쪽까지 쫓아가, 달아나는 인간들에게 마지막 발길질을 했습니다. 인간들은 가시나무 울타리를 넘어 간신히 도망쳤습니다.

동물들이 이긴 것입니다. 그러나 그들은 기진맥진했고, 모두 피를 흘리고 있었습니다. 동물들은 절룩거리며, 천천히 농장으로 모였습니다. 잔디 위에 죽어 쓰러진 동료들을 보고는 눈물을 떨어뜨렸습니다. 풍차가 있던 자리에 이르자 슬픈 침묵에 잠겨 멍하니 서 있었습니다. 그토록 공들여 만들었던 풍차는 폭약에 날아가고 없었습니다.

동물들이 힘없이 농장으로 되돌아오는데 싸움판에서는 보이지 않던 스킬러가 꼬리를 흔들며 뛰어왔습니다. 동물들은 건물 쪽에서 축포처럼 엄숙하게 터지는 총소리를 들었습니다. 복서가 스킬러에게 물었습니다.

"저 총은 뭣 때문에 쏘는 건가?"

"우리의 승리를 축하하기 위해서지요."

"무슨 승리?"

복서가 되물었습니다. 그는 무릎에서 피가 흐르고 있었고, 쇠발굽 하나를 잃었을 뿐 아니라 발굽이 쪼개지고, 뒷다리에는 총알 열두어 개가 박혀 있었습니다.

"동무, 우린 적들을 이 신성한 땅에서 몰아내지 않았나요?"

"하지만 저들은 우리 풍차를 부수었어. 이 년간 피땀 흘려 세운 풍차를!"

"무슨 상관이죠? 우린 또 다른 풍차를 세울 겁니다. 동무는 우리가 방금 이루어 낸 거대한 승리가 기쁘지 않나요? 적은 지금 우리가 서 있는 바로 이 땅을 점령했어요. 그런데 우리는 나폴레옹 동무의 지도 아래 뺏겼던 땅을 되찾았다고요."

"우리 것을 되찾았군그래."

"그러니까 바로 우리의 승리라는 거요."

복서는 다리에 박힌 총알들이 따끔따끔 쓰리고 아팠습니다. 그는 풍차를 기초부터 다시 지어 올리는 광경을 머릿속에 그려 보았습니다. 또다시 몸을 아끼지 않고 무서운 힘으로 일을 해야 할 것

입니다. 하지만 그는 벌써 열한 살이고 힘도 이젠 옛날 같지 않았습니다.

녹색 깃발이 올라가고, 축하의 총소리가 들리고, 승리를 외치는 나폴레옹의 연설이 이어졌습니다. 그러자 동물들은 정말 큰 승리를 거둔 듯한 느낌이 들었습니다. 싸우다 죽은 동물들에게는 엄숙한 장례가 치러졌습니다. 복서와 클로버가 짐마차로 된 영구차를 끌었고, 나폴레옹이 몸소 장례 행렬의 맨 앞에 섰습니다. 그들은 꼬박 이틀을 승리를 축하하며 보냈습니다. 모든 동물들은 특별 선물로 사과 한 알씩을 받았습니다. 날짐승들에게는 옥수수가, 개들에게는 먹이 비스킷이 돌아갔습니다.

이번 싸움은 '풍차 전투'로 이름 지었습니다. 나폴레옹은 녹색 깃발장이라는 새로운 훈장을 만들어 자기 자신에게 수여했습니다. 온 농장이 승리를 축하하는 동안 가짜 돈에 속아 넘어간 불행한 사건은 깨끗이 잊혔습니다.

며칠 뒤 돼지들은 안채 지하실에서 위스키 한 상자를 발견했습니다. 그날 밤 안채에서는 돼지들의 떠들썩한 노랫소리가 흘러나왔습니다. 다음 날 아침 늦도록 안채에서는 아무도 나오지 않고, 쥐죽은 듯 고요했습니다.

며칠 뒤, 나폴레옹은 휨퍼에게 술 만드는 법에 관한 책을 구해 오도록 지시했습니다. 일주일 뒤 나폴레옹은 과수원 너머의 작은 목장을 일구라는 명령을 내렸습니다. 그 목장은 일할 나이를 넘긴 늙은 동물들이 은퇴해서 살도록 남겨 둔 곳이었습니다. 그곳에 나폴레옹이 보리를 심으려 한다는 소문이 퍼졌습니다.

어느 날, 한밤중에 마당 쪽에서 쿵 하는 요란한 소리가 났습니다. 무슨 일인가 싶어 동물들이 우리 밖으로 뛰쳐나왔습니다. 일곱 계명이 씌어 있는 헛간 벽 아래 사다리가 두 쪽으로 부러져 있고, 스퀼러가 그 옆에 쓰러져 있었습니다. 곁에는 등불과 페인트 붓, 페인트 통이 나뒹굴었습니다. 개들이 스퀼러를 에워싸더니 그를 호위해서 안채로 돌아갔습니다.

동물들은 무슨 일이 일어났는지 영문을 몰랐습니다. 늙은 당나귀 벤자민만은 뭔가 알겠다는 듯 콧등을 끄덕였지만 아무 말도 하지 않았습니다.

며칠이 지나 염소 뮤리엘이 일곱 계명을 읽어보다가 그동안 자신들이 계명 중 하나를 잘못 알고 있었다는 사실을 발견했습니다. 그들은 다섯 번째 계명을 '어떤 동물도 술을 마시면 안 된다.'

로 기억하고 있었습니다. 그런데 이제 보니 동물들은 문장 중 일부를 잊고 있었던 것입니다. 벽에 쓰인 계명은 '어떤 동물도 '너무 지나치게' 술을 마시면 안 된다.'였습니다.

1. 무엇이건 두 발로 걷는 것은 적이다.

2. 무엇이건 네 발로 걷거나 날개를 가진 것은 친구다.

3. 어떤 동물도 옷을 입어서는 안 된다.

4. 어떤 동물도 이불을 덮고 침대에서 자서는 안 된다.

5. 어떤 동물도 너무 지나치게 술을 마시면 안 된다.

6. 어떤 동물도 이유없이 다른 동물을 죽여선 안 된다.

7. 모든 동물은 평등하다.

Animal Farm

동물농장

복서의 죽음

동물들은 승리를 축하하는 행사가 끝난 다음 날부터 풍차 공사를 다시 시작했습니다. 복서의 쪼개진 발굽은 잘 낫지 않았습니다. 그런데도 복서는 단 하루도 쉬지 않으려 했고, 자기가 아프다는 걸 남들에게 보이지 않으려 했습니다. 저녁이면 클로버가 약초를 씹어서 만든 약을 복서의 발굽에 발라 주었습니다.

"무리하지 마. 네 몸이 쇳덩이인 줄 알아?"

클로버와 벤자민이 타일렀지만 복서는 듣지 않았습니다.

"나는 곧 은퇴할 나이가 돼. 그 전에 풍차 돌아가는 모양을 보는 것이 내 꿈이야."

동물농장의 법이 처음으로 만들어지던 때 동물마다 일을 그만두고 쉬는 나이를 정했습니다. 말과 돼지는 열두 살, 암소는 열네 살, 개는 아홉 살, 양은 일곱 살, 암탉과 거위는 다섯 살이었습니다. 아직 은퇴한 동물이 없지만 곧 생겨날 것이어서 동물들은 이 문제에 관심이 많았습니다.

과수원 너머의 작은 목장에는 보리를 심었기 때문에 넓은 풀밭 한쪽을 울타리로 막아 은퇴한 동물들의 목장으로 만든다고 했습니다. 은퇴한 말에게는 하루에 옥수수 5파운드를 주고 겨울에는 건초 15파운드를 주며, 공휴일에는 당근이나 사과 한 개씩을 더 주기로 한다는 얘기도 있었습니다.

농장의 삶은 고되었습니다. 지난해와 마찬가지로 힘들게 일했으나 식량은 그때보다 더 부족했습니다. 돼지와 개들은 계속 잘 먹었지만, 다른 동물들에게 돌아가는 식량은 자꾸 줄어들었습니다. 그런데도 스킬러는 존스 때보다 훨씬 살기 좋아졌다며 숫자까지 들먹여 설명했습니다. 동물들은 그 말을 그대로 믿었습니다. 춥고 배고프고, 잠자는 시간을 빼고 하루종일 일을 해야 하는데도 말입니다.

"존스 시절에는 모두가 노예였지만 지금은 누구나 다 자유롭잖아요! 이거야말로 엄청난 차이란 말이에요."

스퀼러는 언제나 이 점을 빼놓지 않고 강조했습니다.

지금은 먹여야 할 입들도 훨씬 많아졌습니다. 가을에 암퇘지 네 마리가 새끼들을 낳았는데 그 수가 서른하나였습니다. 농장에 수퇘지라곤 나폴레옹 하나뿐이므로 그 돼지들이 누구의 새끼일지는 뻔했습니다.

곧 안채 정원에 돼지 교실을 짓는다는 발표가 나왔습니다. 돼지 새끼들은 다른 동물의 새끼들과는 놀지 말라는 지시를 받았습니다. 다른 동물이 길에서 돼지를 만나면 반드시 옆으로 공손히 비켜서야 한다는 규칙도 생겼습니다. 또 모든 돼지는 일요일에 녹색 리본을 꼬리에 매다는 특권도 생겼습니다.

동물농장에선 꽤 성공적인 한 해였으나 돈은 여전히 모자랐습니다. 돼지 교실을 짓기 위해 벽돌이며 모래, 석회를 구입해야 하고, 풍차용 기계들을 사들이자면 돈이 필요했습니다. 그뿐이 아닙니다. 안채에서 쓸 등잔 기름과 양초, 나폴레옹의 식탁에 올릴 설탕, 다 닳아 새로 사야 할 도구들과 못, 끈, 석탄, 철사, 개 먹이 비스킷 등도 필요했습니다. 이 때문에 건초 한 더미와 감자를 팔아야 했고, 식품점에서 가져가는 달걀도 한 주에 육백 개로 늘어났습니다. 그래서 암탉들은 적은 수의 병아리들만 가까스로 부화시킬 수 있었습니다.

십이월에 줄어들었던 식량 배급은 이월이 되자 다시 줄어들었고, 기름을 아낀다며 축사 우리에는 등불을 켜지 못하게 했습니다. 동물들이 이렇게 고생하고 있는 동안에도 돼지들만은 편안한 생활을 하고 있는 것 같았습니다. 하나같이 피둥피둥 살이 찌고 덩치들이 불어나 있었습니다.

나폴레옹은 일주일에 한 번씩 시위를 열도록 명령했습니다. 동물농장의 투쟁과 승리를 축하하는 행사입니다. 정해진 시간이 되면 동물들은 일하다 말고 달려 나와 줄을 지었습니다. 돼지들이 맨 앞에 서고 다음에 말, 암소, 그 뒤로는 양들, 그 다음에 암탉, 거위, 오리 등이 섰습니다. 줄의 양옆으로는 개들이 따라붙고, 나폴레옹의 나팔수인 검은 수탉이 맨 앞에 서서 행진했습니다. 클로버와 복서는 '나폴레옹 동무 만세!'라고 쓰인 녹색 깃발을 양쪽에서 받쳐 들고 행진했습니다.

행진이 끝나면 나폴레옹을 칭찬하는 시를 낭송하고, 이어 식량 생산이 얼마나 늘었는가를 숫자로 밝히는 스킬러의 연설이 있고, 이따금 축포를

발사했습니다.

"이건 시간 낭비야."

"추위에 떨며 한참씩 서 있어야 하다니 너무하는군."

누군가 이렇게 수군거리기라도 하면 양들이 기다렸다는 듯이 "네 발은 좋고 두 발은 나쁘다!"라고 큰소리로 외쳐 대어 불만의 소리를 눌렀습니다.

그러나 대부분의 동물들은 그 행사를 즐겼습니다. 자기들이 농장의 진정한 주인이고, 자신들을 위해 일하고 있음을 떠올려 위로받을 수 있었습니다. 그래서 행사가 진행되는 그 시간만은 배고픈 것도 잊을 수 있었습니다.

"이제부터 우리 동물농장은 공화국이 됩니다. 따라서 대통령을 뽑아야 합니다."

사월이 되었을 때의 일입니다. 후보는 오로지 나폴레옹 하나였고, 모든 동물의 찬성으로 대통령에 선출되었습니다.

어느 여름날 저녁 늦은 시간이었습니다. 비둘기 두 마리가 날아와 소식을 전했습니다.

"복서가 쓰러졌어! 복서가 못 일어나!"

동물들이 풍차 공사장으로 달려가 보니 복서가 짐수레 옆에 쓰러져 있었습니다. 두 눈은 흐릿하고 허리는 땀으로 범벅이 되었습니다. 입에서는 피가 한 줄기 가느다랗게 흘러내렸습니다. 클로버가 복서 옆에 무릎을 꿇고 앉으며 물었습니다.

"복서, 어찌 된 거야? 괜찮아?"

"폐에 문제가 있나 봐."

복서가 힘없이 말했습니다.

"내가 없더라도 풍차 일은 네가 맡아서 완성해

쥐. 돌은 꽤 많이 모였어. 나는 이제 한 달 뒤면 은퇴할 생각이야."

"우선 치료부터 해야 해. 누가 빨리 가서 스퀼러한테 얘기 좀 해 줘!"

클로버가 소리쳤습니다.

약간 뜸을 들인 후 스퀼러가 나타났습니다.

"아, 복서, 어떻게 이런 일이 생겼나요? 나폴레옹 동무가 농장의 가장 충성스러운 일꾼 가운데 하나인 복서 동무에게 생긴 이 불상사를 비통한 심정으로 전해 들었습니다. 이제 치료를 받을 수 있게 복서 동무를 병원으로 보내 주실 거요."

"병든 복서를 인간들 손에 맡긴다고요?"

동물들이 불안해하자 스퀼러는 다시 말했습니다.

"복서 동무를 농장에 그대로 두는 것보다 수의

사한테 보내 치료받게 하는 것이 더 나아요."

이틀 동안 복서는 마구간에서 쉬었습니다. 돼지들은 안채 화장실의 약상자에서 큼지막한 분홍색 약병 하나를 찾아내 복서에게 보냈습니다. 클로버는 하루 두 번 식사 뒤에 그 약을 복서에게 먹였습니다. 저녁이면 클로버가 복서 곁에 앉아 말동무가 되어 주었고, 벤자민은 파리를 쫓아 주었습니다.

"몸이 회복되면 나는 삼 년은 더 살 수 있어. 은 퇴해서 편안히 지낼 날을 기대하고 있어. 태어나 처음으로 한가한 시간을 가져 보는 거야. 정말 기대되는군. 알파벳의 나머지 스물두 글자를 깨치는 데 남은 생을 보낼 거야."

복서는 행복한 표정으로 말했습니다.

"빨리 와! 빨리빨리! 지금 복서를 끌어가고 있다

고!"

한낮에 무밭에서 일하던 동물들은 당나귀 벤자민이 뛰어오며 외치는 소리를 들었습니다. 동물들은 감독하는 돼지의 명령을 기다릴 새도 없이 일손을 멈추고는 농장 건물 쪽으로 달려갔습니다. 말 두 마리가 끄는 커다란 마차 한 대가 마당에 서 있었습니다. 마차를 덮은 천막 한쪽에는 글자들이 쓰여 있고, 마부석에는 기분 나쁜 인상의 남자 하나가 모자를 쓰고 앉아 있었습니다.

동물들은 마차 주위로 몰려들었습니다.

"잘 가게, 복서! 잘 갔다 와."

동물들은 외쳤습니다. 벤자민은 작은 발굽으로 땅을 구르며 소리쳤습니다.

"이런 멍청한 바보들아, 마차에 써 놓은 저 글자들이 보이지 않아?"

동물들은 주춤하면서 소리를 죽였습니다. 염소 뮤리엘이 떠듬떠듬 글자를 읽어 보려 하자 벤자민이 나섰습니다.

　"말 도살업, 가죽과 뼛가루도 취급. 저게 무슨 뜻인지 모르겠어? 복서가 늙은 말을 죽이는 업자한테 팔려 가는 거라고!"

　동물들에게서 공포의 소리들이 터져 나왔습니다. 그 순간 마부석의 남자가 말 등에 채찍질을 하자 마차가 움직이기 시작했습니다. 동물들은 모두 마차 뒤를 따라가며 소리를 질렀습니다. 클로버가 동물들을 헤치고 앞으로 나섰습니다. 마차

는 점점 빨라지고 있었지만, 클로버는 뚱뚱한 네 발에 힘을 모은 끝에 겨우 마차를 따라잡았습니다.

"복서, 거기서 나와! 빨리 나오라고. 널 죽이러 가는 거야!"

다른 동물들도 "빨리 나와, 복서!"라고 고함을 질러 댔습니다. 코 밑에 흰 줄이 난 복서의 얼굴이 마차 뒤의 조그만 창으로 나타났다 사라졌습니다. 복서가 그들의 말을 들었는지는 확실치 않으나, 마차 안에서 발굽으로 탕탕 차고 구르는 소리들이 시끄럽게 들렸습니다. 예전 같으면 그의 발

말 도살업
가죽과 뼛가루도 취급

길질 서너 번에 마차가 박살 났을 것입니다. 그러나 이미 복서에게는 힘이 없었습니다. 마차는 정문을 빠져나가 큰길로 빠르게 사라져 버렸습니다.

사흘 뒤, 복서가 숨을 거두었다는 발표가 나왔습니다.

"참으로 감동적인 장면이었어요."

스퀼러는 앞발을 들어 눈물 한 방울을 훔치며 말했습니다.

"마지막 순간 나는 그의 곁에 있었습니다. 말할 기운도 없는 그 순간에도 복서 동무는 내 귀에 대고 말합디다. 풍차 완성을 못 보고 가는 것이 슬프다고요. '반란의 이름으로 전진하시오. 동물농장 만세! 나폴레옹 동무 만세! 나폴레옹 동무는 언제나 옳다!' 이것이 복서 동무의 마지막 말이었습니다.”

스퀼러는 잠시 말을 끊었습니다. 그러고는 작은 눈으로 의심에 찬 눈길을 이리저리 던지다가 말을 계속했습니다.

“몇몇 동무들이 복서를 말을 죽이는 업자에게 넘겼다고 떠든 걸 알고 있습니다. 그렇게 멍청한 동물이 있다니 믿을 수 없군요.”

스퀼러는 꼬리를 흔들고 이쪽저쪽으로 깡총대며 분노에 찬 목소리로 말했습니다.

“동무들은 우리의 위대한 나폴레옹 동무가 그 정도밖에 안 된다고 생각합니까?”

스퀼러의 설명에 의하면 그날 복서를 싣고 간 마차는 말 도살업자의 마차였다가 수의사에게 팔린 것이고, 수의사가 미처 그 글자를 지우지 않았다는 것입니다.

스킬러의 설명을 듣고 동물들은 마음을 놓았습니다.

"복서 동무는 아주 극진한 치료를 받았어요. 나폴레옹 동무가 비용 같은 건 전혀 생각하지 말고 비싼 약을 쓰도록 배려했습니다."

그 이야기를 듣고 동물들은 모든 의심을 거두었습니다. 복서가 행복하게 세상을 떠났다고 생각하니 슬픔을 조금은 달랠 수 있었습니다.

그다음 일요일 회의에서 나폴레옹은 복서를 찬양하는 짤막한 연설을 했습니다.

"죽은 동무의 무덤을 농장에 만들어 주지 못한 것은 유감이오. 대신 안채 정원에서 자라는 월계수로 커다란 화환을 만들어서 복서의 무덤에 보내도록 지시했소. 우리 돼지들은 며칠 뒤 복서를 기리기 위한 추도 연회를 열 것이오. 복서 동무는

'내가 더 열심히 한다.'와 '나폴레옹 동무는 언제나 옳다.' 이 두 가지 말을 늘 새기며 살았소. 이제부터 모든 동물들이 각자 자신의 신조로 삼는 것이 좋을 것이오."

추도 연회가 열리기로 되어 있던 날, 식품점의 마차 한 대가 커다란 나무 상자를 돼지들의 안채에 배달하고 갔습니다. 돼지들이 어디에선가 돈이 생겨 위스키를 한 상자나 사서 마셨다는 소문이 돌았습니다.

Animal Farm

동물농장

어떤 동물은 다른 동물보다 더 평등하다

여러 해가 흘렀습니다. 농장의 많은 동물들이 세상을 떠났습니다. 염소 뮤리엘도 죽었습니다. 반란이 일어나기 전의 옛날 일을 기억하는 동물이라곤 클로버와 벤자민, 그리고 돼지 몇몇뿐이었습니다. 농장의 주인이었던 존스 또한 영국 어딘가에서 술병에 걸려 숨을 거두었습니다.

클로버는 은퇴할 나이가 이 년이나 지났으나 아직도 일을 하고 있습니다. 동물농장에서 나이가 많아 일을 그만두고 쉬는 동물은 지금껏 하나도 없었습니다.

농장은 나날이 부자가 되었습니다. 필킹턴에게 밭을 사들여 농장이 더 넓어졌습니다. 완성된 풍차는 옥수수를 찧는 방앗간이 되어 돈을 벌어들였습니다. 하지만 동물들의 삶은 별로 달라지지 않았습니다. 그들은 늘 배가 고팠습니다. 지푸라기 위에서 자고, 웅덩이 물을 마시며, 눈만 뜨면 밭에 나가 일을 해야 했습니다. 겨울에는 추위에 떨고, 여름에는 파리 등쌀에 시달렸습니다.

초여름 어느 날, 스퀼러는 양들을 자작나무 숲으로 데려갔습니다. 양들은 밤에도 농장으로 돌아가지 않고 그곳에서 자작나무 잎을 뜯어 먹으며 지냈습니다. 그렇게 일주일을 보내면서 양들은 스퀼러에게 새 노래를 하나 배웠습니다.

양들이 농장으로 돌아온 저녁, 마당 쪽에서 뭔가에 크게 놀란 클로버의 울음소리가 들렸습니다. 동물들은 마당으로 달려갔고, 클로버를 놀라게 한 광경을 모두 보았습니다.

스퀼러가 두 발로 서서 걷고 있었습니다. 이어서 돼지들이 줄을 지어 안채 문밖으로 걸어나왔습니다. 모두 스퀼러처럼 두 발로 선 자세였습니다. 잘 걷는 돼지도 있었고, 쓰러질 듯 뒤뚱거리는 돼지도 있었습니다. 하지만 그들은 모두 두 발로 서서 걸었습니다.

개들이 요란하게 짖어대는 소리와 검정 수탉의 날카로운 나팔 소리가 나면서 나폴레옹이 거만한 표정으로 걸어 나왔습니다. 나폴레옹은 앞발에

회초리까지 들고 당당하게 서 있었습니다.

동물들은 놀라고 겁을 먹어 마당 한쪽에 몰려 서 있었습니다. 세상이 뒤집힌 듯한 충격이 웬만큼 가시고 나자 동물들은 뭔가 한마디 해야겠다는 생각이 들었습니다. 그러나 바로 그때 양들이 목청을 높여 외쳐 대기 시작했습니다.

"네 발은 좋고 두 발은 더 좋다! 네 발은 좋고 두 발은 더 좋다! 네 발은 좋고 두 발은 더 좋다!"

양들의 외침은 오 분 동안이나 계속되었습니다. 그들이 잠잠해졌을 때는 이미 돼지들이 안채로 돌아가 버린 뒤라 동물들은 아무 말도 하지 못했습니다.

클로버는 벤자민의 갈기를 끌어 일곱 계명이 있는 헛간 벽으로 데리고 갔습니다.

"저 벽이 좀 달라진 것 같지 않아? 일곱 계명이

그대로 있긴 한 거야?"

벤자민은 헛간 벽에 씌어 있는 글들을 클로버에게 읽어 주었습니다. 일곱 계명은 간데없고 하나의 계명만이 적혀 있었습니다.

"모든 동물은 평등하다. 그러나 어떤 동물은 다른 동물보다 더 평등하다."

다음 날부터 농장 일을 감독하러 나온 돼지들이 앞발에 회초리를 들었습니다. 또 돼지들이 라디오를 사고 신문이며 잡지를 받아 본다는 소식이 들려왔습니다. 나폴레옹이 입에 파이프를 물고 안채 정원을 산책하는 것이 눈에 띄었습니다. 이모든 것들이 조금도 이상해 보이지 않았습니다. 돼지들이 안채 옷장에서 존스의 옷들을 꺼내 입고 나온 것도, 나폴레옹이 검정 코트에 반바지 사냥복을 입은 것도, 나폴레옹의 사랑을 받는 암퇘지가 존스 부인의 비단옷을 걸치고 나온 것도 전혀 이상해 보이지 않았습니다.

일주일이 지난 어느 오후, 마차 여러 대가 농장으로 올라왔습니다. 근처 농장의 주인들이 동물농장을 둘러보러 온 것입니다. 그들은 농장 구석구석을 돌아보면서 칭찬을 아끼지 않았습니다. 특히 풍차에 대해서 그랬습니다. 무밭에서 풀을 뽑고 있던 동물들은 돼지들을 무서워해야 할지, 인간을 무서워해야 할지 알 수 없어서 땅만 내려다보며 일했습니다.

그날 저녁 안채에서는 요란한 웃음소리와 시끄러운 노랫소리가 흘러나왔습니다. 동물들은 갑자기 호기심이 생겼습니다. 동물과 인간이 함께 만나는 자리에서 어떤 일들이 벌어질지 궁금했습니다. 동물들은 살금살금 발소리를 죽이며 안채 정

원으로 갔습니다. 그들은 안채 건물에 바싹 다가
가 응접실 창문 안을 기웃거렸습니다.

농장 주인 여섯 명과 나폴레옹과 친한 돼지 여
섯이 기다란 탁자 주위에 앉아 있고 나폴레옹은
탁자 위쪽의 주인 자리에 앉아 있었습니다.

그들은 카드놀이를 하다 말고 맥주를 마시며 잠
시 쉬는 중인 것 같았습니다. 창밖에서 동물들이
들여다보는 줄은 아무도 눈치채지 못했습니다.

폭스우드 농장의 필킹턴이 맥주잔을 손에 들고
일어났습니다.

"동물농장과 우리 인간이 오해를 풀고 한자리에
앉게 된 것을 대단히 기쁘게 생각합니다. 한때 우
리는 이 동물농장의 존경스러운 주인들을 의심한
적이 있습니다. 서로 싸우는 불행한 일들도 있었
고, 잘 모르고 나쁜 소문을 퍼뜨리기도 했어요. 돼

지들이 주인이 되어 운영하는 농장이 말도 안 되는 일이라 여겼으며, 이웃 농장에도 나쁜 영향을 미칠 수 있다고 생각했습니다. 그러나 이제 더 이상 의심하지 않습니다. 나는 오늘 동물농장을 구석구석 살펴보았습니다. 동물농장에는 제멋대로 행동하는 동물이 없더군요. 나는 동물농장의 동물들이 영국의 다른 농장 동물들보다 일은 더 많이 하면서 먹이는 적게 먹는 것에 감동했습니다. 나는 우리 농장도 이런 방식으로 운영할 생각입니다. 동물농장의 주인과 우리 인간 사이에는 더 이상 미워하고 다툴 일이 없습니다."

필킹턴은 맥주잔을 높이 들었습니다.

"자, 여러분, 건배합시다. 동물농장의 번영을 위하여!"

나폴레옹은 필킹턴이 너무 고마웠던 모양입니

다. 탁자를 빙 돌아 필킹턴에게 가서는 그와 잔을 부딪치고는 술을 들이켰습니다. 그리고 자기도 한마디 하고 싶다고 말했습니다.

"나도 이제 오해가 풀린 것을 기쁘게 생각합니다. 나와 동료 돼지들은 이상한 생각을 가지고 있고, 이웃 농장의 동물들에게 반란을 일으키도록 부추긴다고 알려져 왔습니다. 그건 전혀 사실이 아닙니다. 우리는 이웃 농장들과 농작물을 사고팔며 평화롭게 살기를 바랍니다. 우리 농장은 누구 혼자만의 것이 아니라 돼지들이 함께 주인입니다. 더 이상 오해를 받지 않기 위해 그동안 우리가 해 왔던 관습들을 고치기로 했습니다. 지금까지 농장의 동물들은 서로 동무라고 불러왔습니다. 이 우스운 습관은 이제 없어질 것입니다. 매주 일요일 아침마다 마당의 깃발 게양대에 못으로 박아 놓은 수퇘지의 머리뼈 앞을 행진하는 관습 역시 금지합니다. 그 머리뼈는 이미 땅에 묻었습니다. 여러분들은 게양대에 펄럭이는 녹색 깃발을 보았을 테지요. 그렇다면 지금까지 그 깃발에 흰색으로 그려져 있던 발굽과 뿔이 이제 지워지고 없는 것도 보았을 것입니다. 앞으로는 그냥 단순한 녹색 깃발만 사용할 것입니다.

아까 필킹턴 씨가 들려준 그 훌륭한 연설 가운데 한 가지만 다시 알려드리겠습니다. 필킹턴 씨는 이 농장을 계속 동물농장이라고 불렀는데 이제 그 이름은 없어집니다. 이 농장은 원래 이름 그대로 메이너 농장으로 불릴 것입니다."

말을 마친 나폴레옹은 잔을 들었습니다.

"자, 여러분, 잔을 가득 채우시오. 자, 건배합시다. 메이너 농장의 번영을 위하여!"

아까처럼 또 한 번의 열렬한 환성이 일었고, 잔들이 바닥까지 비워졌습니다.

동물들은 소리 없이 정원을 빠져나왔습니다. 그러나 얼마 안 가 발을 멈출 수밖에 없었습니다. 안채에서 요란한 고함 소리가 터져 나왔기 때문입니다.

동물들이 다시 창 앞으로 달려가 안을 들여다보았습니다.

"그게 아니라니까."

"속이지 말라고."

"내가 언제! 똑바로 봐!"

방 안에서는 인간과 돼지가 탁자를 두들기며 서로 고함을 치고 있었습니다. 카드놀이를 하다가 싸움이 시작된 것입니다.

열두 개의 화난 목소리들은 누가 돼지이고 누가

사람인지 분간할 수 없이 똑같았습니다. 창밖의 동물들은 돼지에게서 인간으로, 인간에게서 돼지로, 다시 돼지에게서 인간으로 번갈아 시선을 옮겼습니다. 보고 있는 동안 점점 똑같아져 누가 돼지이고 누가 인간인지 알 수가 없었습니다.

조지 오웰
(George Orwell, 1903~1950)

조지 오웰은 1903년 영국의 식민지였던 인도에서 태어났어요. 진짜 이름은 에릭 아서 블레어로, 조지 오웰은 책을 쓸 때 쓰는 필명입니다.

어렸을 때 어머니와 함께 영국으로 돌아왔지만, 무서운 아버지와 나이 차이가 많이 나는 누나, 여동생과 잘 어울리지 못하고 외로운 소년으로 자랐습니다. 영국의 명문 학교 이튼을 졸업했으나 가정 형편이 어려워 대학을 가지는 못했습니다. 이후 식민지에서 근무하는 인도 제국 경찰이 되어 버마에서 오년 동안 경찰로 근무했지만, 원주민을 억압하고 괴롭히는 일이 싫어서 경찰을 그만두었습니다.

영국으로 다시 돌아온 조지 오웰은 런던과 파리에서 떠돌이 생활을 했습니다. 첫 소설인 『파리와 런던의 밑바닥 생활』은 그때의 경험을 글로 쓴 책입니다.

조지 오웰은 이후 서점 점원, 학교 교사, 잡화점 주인 등을 하면서 꾸준히 글을 썼습니다. 탄광 지대에서 지내면서 가난

한 노동자들의 생활을 기록하기도 했습니다. 이 기록이 바로 『위건 부두로 가는 길』입니다.

그는 스페인에서 전쟁이 나자 독재에 맞서 싸우는 시민군이 되기 위해 바르셀로나로 갔다가 전투에서 부상을 입고 영국으로 돌아왔습니다. 그리고 스페인 시민 전쟁에서 겪은 일로 『카탈로니아 찬가』라는 책을 썼습니다. 제2차 세계 대전이 일어나자 다시 전쟁터로 가고 싶어 했으나 건강이 좋지 않아 갈 수 없었습니다. 이후 방송국에서 일하면서 쓴 『동물농장』이 영국과 미국에서 책으로 나와 대호평을 받으며 유명한 작가가 되었습니다. 조지 오웰은 곧 또 다른 대표작인 『1984년』을 구상하고 글을 쓰기 시작했습니다. 건강이 안 좋아 입원과 요양을 거듭하면서 소설을 완성한 조지 오웰은 『1984년』이 출판된 이듬해, 47세의 나이로 세상을 떴습니다.